カラダ探し 上

ウェルザード

STARTS
スターツ出版株式会社

・「赤い人」は放課後の校舎に現れる。
・「赤い人」はひとりになった生徒の前に現れる。
・「赤い人」を見た者は、校門を出るまで決して振り返ってはならない。
・振り返った者は、カラダを八つに分けられ、校舎に隠される。
・「赤い人」に殺された生徒は、翌日、皆の前に現れて、「カラダを探して」と言う。
・「カラダ探し」を拒否する事はできない。
・「カラダ探し」の最中にも、「赤い人」は現れる。
・「カラダ探し」はカラダを見つけるまで行われる。
・「カラダ探し」では死んでも死ねない。

目次

2F

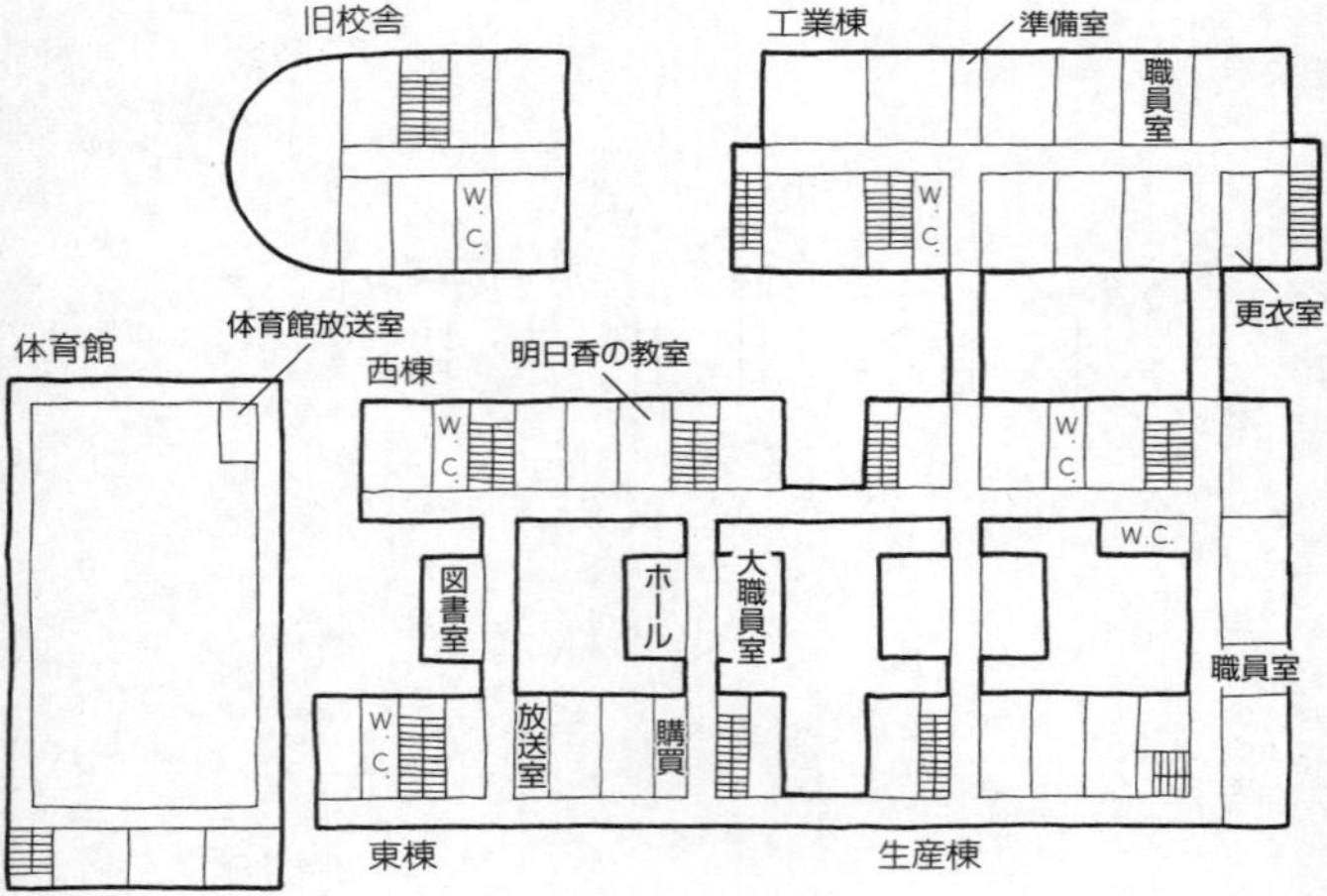
旧校舎
W.C.
工業棟
準備室
職員室
W.C.
更衣室
体育館
体育館放送室
西棟
明日香の教室
W.C.
W.C.
W.C.
図書室
ホール
大職員室
職員室
W.C.
放送室
購買
東棟
生産棟

3F

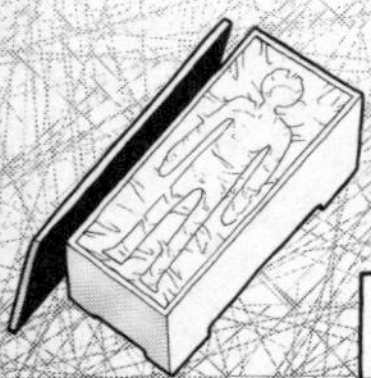

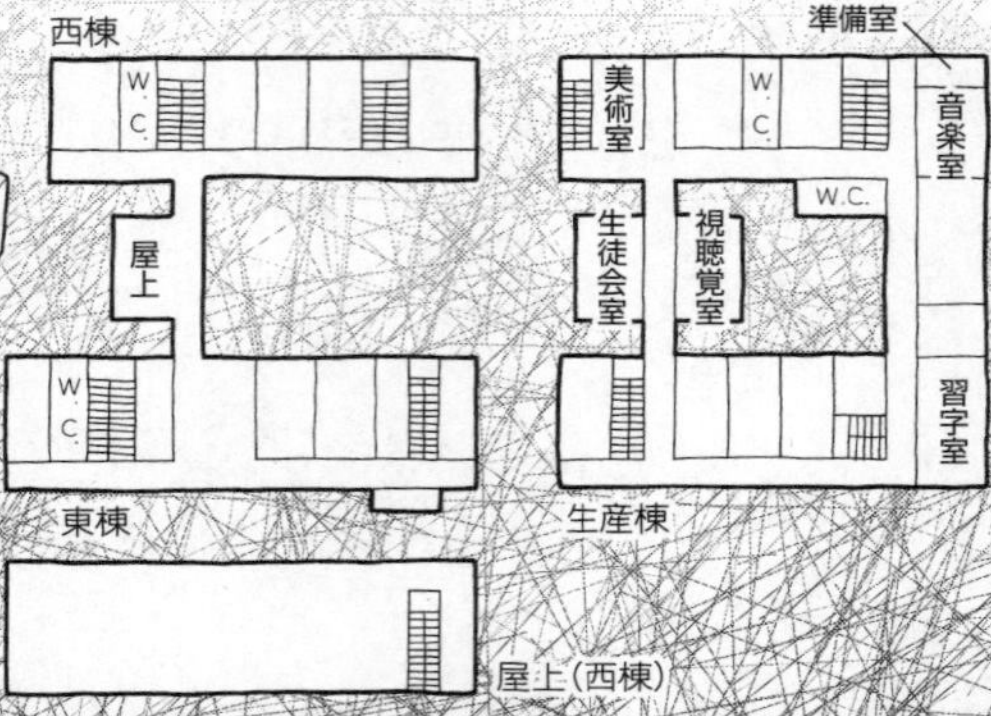
西棟
W.C.
美術室
W.C.
準備室
音楽室
W.C.
屋上
生徒会室
視聴覚室
W.C.
習字室
東棟
生産棟
屋上（西棟）

県立逢魔高校校舎見取図

全体図

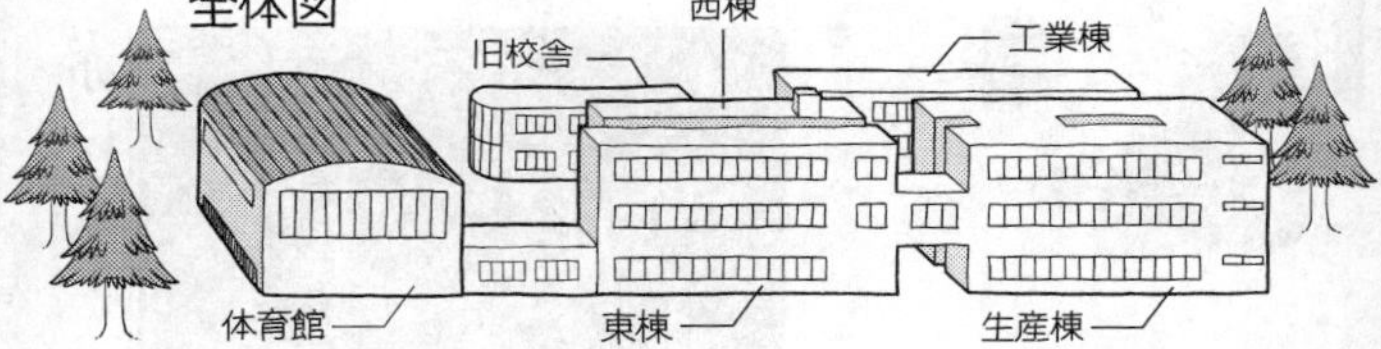

1F

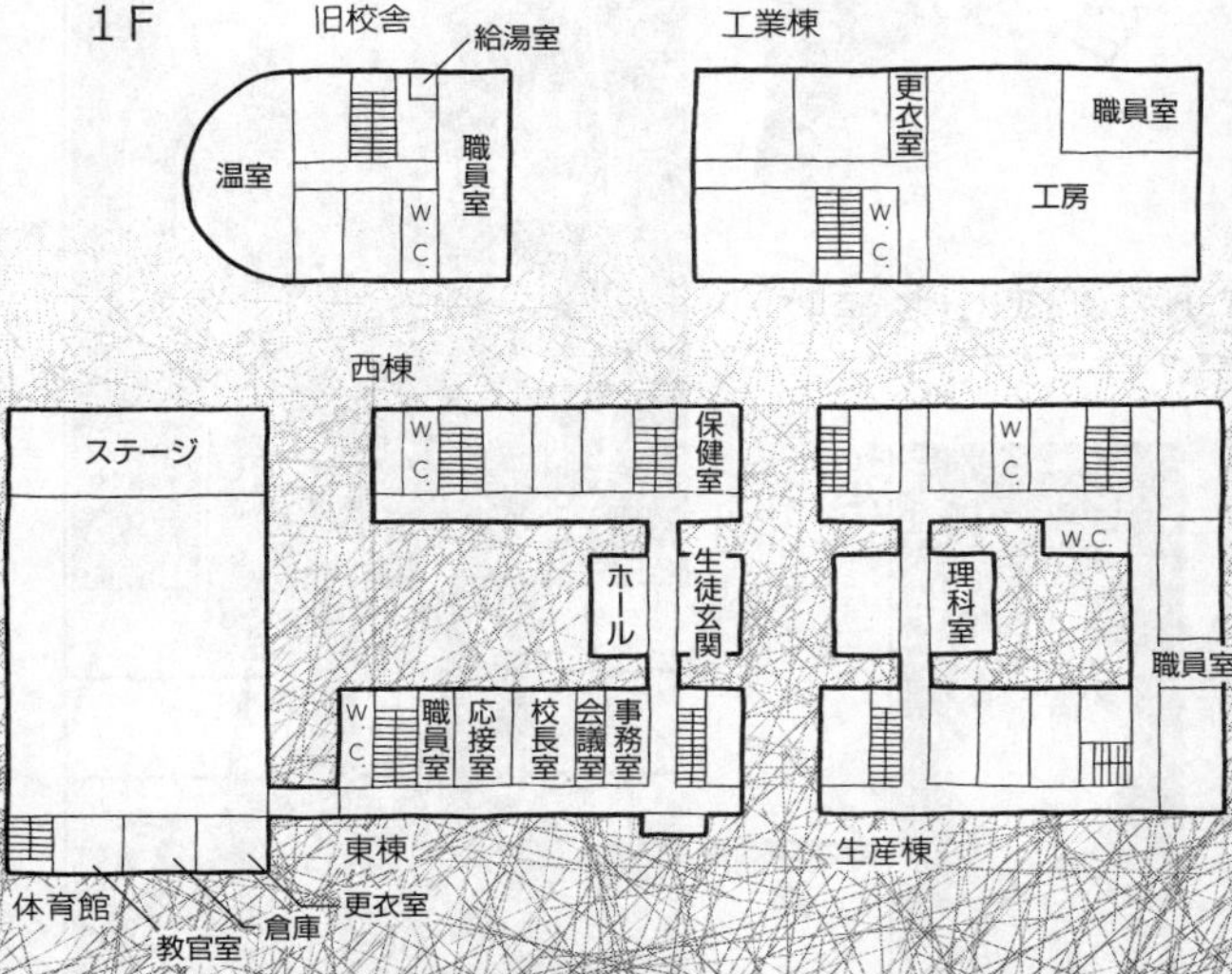

カラダ探し 人物相関図

赤い人
Akaihito

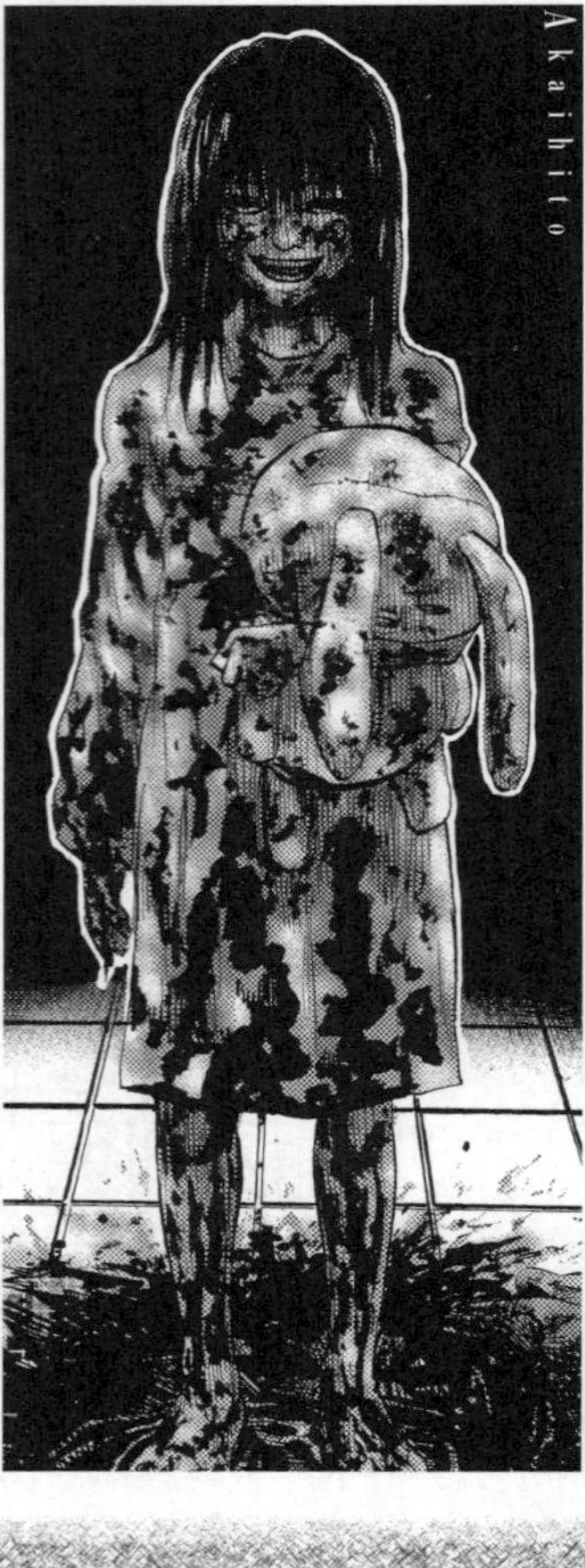

襲う!!

「カラダ探し」を頼む

遥
Haruka

謎…?

友達

高広
Takahiro
明日香
Asuka
好き？
翔太
Syouta
理恵
Rie
幼なじみ
健司
Kenji
留美子
Rumiko

本文イラスト／村瀬克俊

カラダ探し 上

一日目

「ねえ、明日香《あすか》……私のカラダを探して」

友達の遥《はるか》がとうとつに言った言葉に、私はとまどいを覚えた。

「ちょっと、冗談だよね？　遥……」

そうたずねても遥は無表情で返事はなく、移動して別の人に同じ事を言っていた。

まさか、あの「噂《うわさ》」が本当だとは、私はこの時はまだ思っていなかった。

どこの学校にもある、ただの「学校の怪談」程度にしか考えていなかったから。

でも、今日の遥は何だかおかしくて、私は漠然《ばくぜん》とした不安を感じていた。

もしも昨日、私が遥と一緒にレポートを提出しに行ってたら、こんな事にはならなかったのかもしれない。

「あ、明日香……私、遥に『カラダ探し』をしてくれって言われたんだけど……」

顔面蒼白《がんめんそうはく》とはこの事を言うのだろう。今にも泣き出してしまいそうな表情を浮かべ、友達の理恵《りえ》が近づいてきた。怖い話が苦手な理恵にとっては、ただの噂話も恐怖の対象になってしまうのだ。

私の通っている県立逢魔《おうま》高校にはひとつの怪談話がある。

それは「赤い人」という怪談話なのだが、「カラダ探し」は、その「赤い人」の噂話に付け加えられたモノだと、この時まではそう思っていた。

「何なんだよ！　いきなり『カラダを探して』って！　わけわかんねぇ！」

放課後の教室で、遥に「カラダ探し」を頼まれた人達が残り、話し合う事に。

「詳しく教えろよ！『カラダ探し』って何だ!?」

さっきから怒りながら私達を見ているのは高広《たかひろ》。クラスでは、乱暴者の部類に入る私の幼なじみだ。

「知らないのか？『赤い人』を見たら、校門を出るまで振り返ってはいけないんだ」

眼鏡をクイッと上げて高広に話す翔太《しょうた》。

「それでね、振り返ったら、カラダを八《や》つ裂《ざ》きにされて、校舎に隠されるんだって」

怖がりの理恵が震《ふる》えながらそう呟《つぶや》く。

「で、それを探さなきゃならないわけ。遥のカラダを、私達がね」

「カラダ探し」を、あまり本気にしていないような言い方の留美子《るみこ》。

そして、無口な健司《けんじ》がうなずいた。

「お前ら、頭は大丈夫かっつーの！　そんなの、ただの噂話だろ？」

高広の言うように、普通ならそう思ったかもしれない。

でも、今日の遥の目は、まるでマネキンのように、どこを見ているかわからない不気味なモノで、冗談を言っているとはとても思えなかったから。

「馬鹿馬鹿《ばか》しい……帰ろうぜ」

高広の言葉で、私達は教室を出た。

この後、何が起こるかなど誰も知らずに……。

学校から帰った後、私はいつものようにのんびりと時間を潰《つぶ》し、明日の準備をしてベッドに横になっていた。

理恵と眠くなるまでメールをする、いつも通りの何も変わった事のない夜。そう思っていたのだけれど。

『明日香は、赤い人って本当にいると思う？』

いつもなら、私が怪談話を始めたらすぐに止めようとするのに、珍しく、怖がりの理恵から怪談話を振ってきた。

『わかんないけど、でも、昨日遥がひとりでレポートを提出しに行ったんだよ。その時に赤い人を見たのかもしれないね』

その文章を打ち込んだ時、胸がチクッと痛んだ。

そうだよ……私が一緒に行っていれば、遥があんな冗談を言わなかったかもしれない。

『そうなんだ……でも、赤い人ってどうして赤いか知ってる？』

何だか今日の理恵はヤケに乗り気だ。

どうして赤いかなんて、そんなの考えなくてもわかる。

『血で赤いんじゃないの？　もうこの話はやめよう』

怪談話を考えるのは、あまり好きじゃない。と、言うよりも、遥の事を考えると「カラダ探し」の事まで考えてしまうから。

『そうだよ。八つ裂きにされた生徒の返り血で赤く染まってるんだよ』

なんだか、メールの相手が理恵じゃない気がする。

言い様のない不安を感じた私は、そのメールに返信をせずに携帯電話を閉じた。

その後、何度も理恵からメールがあったけれど、私は携帯電話を開く事すらしなかった。

いつもなら、どちらかが返信しなければそれでメールが終わるのに、どうして今日に限ってこんなにメールが来るのかがわからず、そのメールの量にも恐怖を感じたから。

そんな事を思っている間にも、次々とメールを受信し続ける携帯電話。

「もう！　いい加減にしてよね！」

あまりの多さに私は腹を立て、携帯電話を開いて理恵に電話をかけた。

五回のコール音の後に、通話が開始される。

「理恵!?　いい加減にしてよね！　あんた、怖い話嫌いでしょ！　何でこんなにメール送ってくるのよ！」

これだけ言えば、もうメールを送ってこないはず、と思って理恵の返事を待っていたけど、聞こえてくるのはすすり泣く声だけで、謝罪の言葉はない。

「理恵？　あんた泣いてるの？」

「明日香こそひどいよ……私が怖い話ダメだって知ってるのに、どうして私を怖がらせるの？　ずっとメールが来てるんだよ？　怖いよ、もうやめて！」

理恵の言葉の意味がわからなかった。

私の携帯電話には理恵から大量のメールが送られて、理恵には私からのメールが大量に送られている。じゃあ……このメールは一体誰が送ってるのか。

私の背筋に悪寒《おかん》が走る。

「理恵、私はメールを途中でやめたよ？　メール確認してみようか」

そう言い電話を切り、画面を見つめる。

本当は確認などしたくはない。できればこのまま眠ってしまいたかったけれど、私は恐る恐るメールボックスを開いた。

「な、何これ」

送信者は確かに理恵なのに、明らかにメールの内容が理恵のものではなかった。

理恵に返信しなかった次のメールから、すべて内容は同じ。

『無視するな』
『無視するな』
『無視するな』
『無視するな』
『無視するな』
『無視するな』
『無視するな』
『無視するな』
『無視するな』
『無視するな』
『無視するな』
『無視するな』
『無視するな』
『無視するな』
『無視するな』
『無視するな』
『無視するな』

気持ち悪い……私がそう思った時、送信者が理恵の新たなメールを受信した。

でも、その内容は……。


『やっと見たな？』


そう、書かれていた。

「な、何なのよ……何なのよこれ！」

あまりの不気味さに、枕の下に携帯電話を挿《さ》し込み、押さえつけたけど、それでも鳴り続ける携帯電話に、私は耳をふさいで目を閉じた。

次に見た時に、どれだけ恐怖する事は考えずに、今、この恐怖から逃れたい一心で私は身を縮めた。

怖い……どうして私がこんな目にあわなきゃならないの？　遥をひとりでレポート提出に行かせたから？　それで「赤い人」に出会ったの？　だったら、私のせいじゃないじゃない！

そう思っていた時だった。

壁かけ時計が、0時を告げるピピッという小さな電子音を鳴らした。と、同時に、肌に感じる冷たい風。

どうして風が？　窓なんて開けていないのに。それに、ベッドも硬《かた》くて冷たい。
耳をふさいだまま、ゆっくりと目を開けた私は、その光景に息を飲んだ。
「な、何よこれ……」
一体何がどうなっているのか、頭がそれを理解するのに、しばらく時間がかかった。
私は、学校の玄関の前で寝転んでいたのだ。慌《あわ》てて体を起こすと、着ていたはずの
パジャマが制服になっている。
嘘でしょ？　家にいたはずなのに。
そう思ったのは、どうやら私だけじゃなかったようだ。
辺りを見回すとそこには……理恵、高広、翔太、留美子、健司の姿があった。制服
姿で、わけがわからないといった様子で。
「おい、起きろ高広！」
大の字で、イビキをかいている高広の横腹を蹴《け》るのは翔太。何度か蹴って、ようや
く目を覚ました高広。
「……んだよ、って、なんだこりゃ？」
ようやく異変に気づいたようで、キョロキョロと辺りを見回す。
それから、皆は自分の身に何が起こったのかを確かめるように、昼とは違った雰囲
気の学校で、とまどいながらそれぞれ動き始めた。

「ねぇ、これってさ……やっぱり学校だよね？」

私の言葉に、花壇《かだん》のブロックに腰かけていた留美子が溜め息をついた。

「どうみてもそうじゃん。なんでこんな時間に、皆がここにいるのかわからないけどさ……帰ろ？」

いつもの調子でそう言う留美子。

「ダメだ、外に出られなかった」

校門に向かっていた健司が私達の前に戻り、首を横に振りながら、そう呟いた。

「はぁ？ 冗談はやめろっつーの！ 俺は眠いんだよ！ 帰るぞ！」

寝起きで不機嫌な高広が、校門に向かって歩き出し、留美子もそれに続く。

私と理恵は、周囲を見回しながら、その場に立ち尽くした。

「ねぇ、明日香。これって私達『カラダ探し』をさせられるのかな？」

私の制服の袖《そで》をつかみ、震える理恵。

「そんなの、私だってわからないよ」

真っ暗な学校に、私達六人だけ。

それも、いつの間にかここにいたのだから。

私達がとまどっていると……目の前の玄関のドアが、悲鳴のような声を立ててゆっくりと開いたのだ。

まるで、私達を誘っているかのように。

「や、やだ。怖いよ明日香。私達も行こ」

ドアに恐怖した理恵に押され、私達は校門に向かって走り出した。

「何だよ！　何で出られないんだよ！」

私と理恵が校門に駆《か》け寄ると、健司の言う通り、見えない壁に阻《はば》まれて外に出られなくなっているようで、高広が怒りながらその壁を蹴飛ばした。

「じゃあ、親でも呼べばいいじゃん」

そう言いながら、ポケットから携帯電話を取り出す留美子。

「あれ？　圏外《けんがい》だ。皆はどう？」

各自携帯電話を確認するが、皆、首を横に振る。

私の携帯電話は枕の下にある。ここにあるはずはないのに……。

なぜか、ポケットの中に入っている携帯電話を取り出して、それを開く。

「圏外」と表示された画面を見つめて、嫌がらせかと思うくらいのメールの量に恐怖したのを思い出しながら、その内容が気になって、最後に送られてきたメールを開いてみた。

「赤い人」

という題名で、その内容が書かれていたけれど、その中に私が聞いた事のない噂話がふたつ。

それは……。

「『赤い人』は歌を唄《うた》う」

「『赤い人』に追いつかれたら、背中にしがみつかれる。そして、歌を唄い終わったら、殺される」

という内容だった。

私だけじゃなく、皆の携帯電話にも同じ内容のメールが送られてきているようだ。

「何？　結局私達に『カラダ探し』をやれって事？」

いつものように冷めたような態度で、私達にたずねる留美子。

そんなの私がわかるわけがない。私がききたいくらいなのだから、皆も同じ思いだろう。

「とにかくさ、玄関が開いてたから中に入らない？　外は寒いから」

怖いと言っていたのに、外に出る事ができないとわかったら、中に入る方がマシだと思ったのかな？

理恵が校舎を指差して言うけど、それでは「カラダ探し」が始まってしまうんじゃないかと、私は不安に思った。

「おぉ、そうだな。中の方がマシだろ。朝になれば誰か来るだろうし」

高広が理恵の背中を押して、一緒に玄関へと向かう。

「ま、外にいても解決しないのなら、中に入るしかないか」

それに続いて、他の三人も校舎へと向かった。

六人もいるんだから怖くない、とでも思っているのだろうか？

それでも、ひとりで外に残されるのは嫌だから、私も皆の後を追って、玄関へと走った。

校舎の中に入ると、玄関はヒンヤリとしていて……外とは違った寒さが私達を襲う。

「うわっ、寒っ！　外の方が暖かいんじゃねぇの？」

そう、高広が言った時だった。


キィィィィィ……。


という音を立てて、玄関のドアが閉まったのだ。

「明日香、ドアを閉めるなよ。中の方が寒いんだ。俺は外で待ってるからよ、お前らで『カラダ探し』でも何でもやっててくれ」

高広がそう言いながら、ドアの方に向かった時だった。

ザザッ……トントン……。

という音が、備え付けのスピーカーが聞こえてきた。

こんな時間なのに校内放送？　私達の他にも、誰か校内にいるのだろうか？


『「赤い人」が、生徒玄関に現れました。皆さん気を付けてください』


ただでさえ「赤い人」に過剰反応《かじょうはんのう》してしまうのに、低く、ゆっくりとしたその声が言った言葉に、私は言い様のない恐怖を覚えた。

「うん？　生徒玄関ってここじゃん……高広、何やってんのよ。早くドアを開けてよ」

留美子が「馬鹿馬鹿しい」といった様子で高広をせかすけど、当の高広は何だかあせっている様子でドアを揺する。

「……開かねぇ。鍵《かぎ》もかかってねぇのに……ふ、ふざけんじゃねぇぞ！　開けろ！」

ドンドンとドアを叩《たた》くが、それが開く事はなかった。

「あ……ああ……」

ドアを叩いている高広の背後で、理恵が震えながら玄関の奥の何かを指差して呟いている。

「ちょっと理恵、あんたそれで脅《おど》かしてるつもり？　笑えないんだけど」

そう言って、理恵の指差す方を見た留美子の表情が、みるみる恐怖でゆがんでいく。

留美子は一体何を見たのか……。

その場にいる全員が、留美子の視線の先に目をやった。すると、そこには……頭のてっぺんから足の先まで、真っ赤に染まった女の子が立っていたのだ。


「あ……赤い……人」

そう呟き、留美子がその場から逃げ出そうとした時だった。

「ふぎっ!!」

という、短い悲鳴と共に、何かが落ちるような音が背後から聞こえた。

「え？　留美子？」

思わず振り返った私が見たものは……留美子らしき肉の塊《かたまり》の上で笑う「赤い人」の姿だった。

「あ！」

私が気づいた時には、もう遅かった。

「ねぇ……赤いの、ちょうだい」

真っ赤に染まった少女が、笑いながら私を見たのだ。

そして、その次の瞬間。

私の頭が床に転がって……首から上が無くなった、自分の身体《からだ》を見つめていた。

あぁ、そうだった。

「赤い人」を見たら、振り返っちゃダメなんだ。

じゃあ今、全員振り返ったから、皆死んじゃったんだ……そう気づいたのは、私が死んでから。

最後に見たのは、楽しそうに私の身体を引きちぎる血まみれの少女の姿だった。

二日目

「いやあああああっ！」

そう叫んで目を開けた時、私は自分の部屋にいた。

時計を見ると午前七時。窓から射《さ》す光が、朝の訪れを告げている。

何が起こったの？　あれは夢だったの？　夢にしては、妙にリアルな感覚が残っている。

私達は、夜の学校にいて、それで「赤い人」に殺された。あの痛くて苦しい感覚は、今でも覚えている。

首を……切られたの？　それとも身体みたいに、首もちぎられたの？

そっと首に手を当ててみると、確かに感じる痛みに、私は首を傾げた。

「きっと……夢だったんだよね……」

そう思いながら、昨日枕の下に入れた携帯電話を取ろうと、枕を持ち上げるけど、そこにあるはずの携帯電話が、そこにはなかったのだ。

……あれ？　昨日入れたはずなのに。

おかしいなと、部屋を見回すと、携帯電話は机の上の充電器に置かれていた。

私、あんな所に置いてないよね？

首を傾《かし》げて机に歩み寄り、携帯電話を手に取って、メールボックスを開いた。

昨日の夜、わけのわからないメールが送られてきていたはずだけど、そこには、あの大量のメールはない。

「なんだ、やっぱり夢だったんだ……嫌な夢だったな……」

そう呟きながら、学校に行く準備を始めたけど、この時、私はまだ気づいていなかった。

携帯電話の画面に表示されている日付が、昨日と同じだったという事に。


「あ、理恵。おはよー」

いつものように、学校に向かう途中で理恵と合流する。

「明日香……おはよぅ」

そうあいさつを返す理恵。でも、なんだか顔色が悪くて、調子も悪そうだ。

私も身体中が痛くて、調子は悪いけれど、理恵はそれ以上に感じる。

「どうしたの？　元気ないね？」

私の問いにも、少し答えにくそうに、うつむいたまま歩く理恵。

こんな理恵はあまり見た事がない。怖い話をしている時以外は、明るくて元気な女の子なのに。

「ねぇ明日香、今日って何月何日？」

「え？　今日は十一月十日だよ。どうして？」

遥に「カラダ探し」を頼まれた昨日は十一月九日だったから、十日で間違っていないはず。

「そうだよね!?　十日だよね？」

怯《おび》えたような表情で私を見つめる理恵。

何だろう？　どうして理恵は、こんな目を私に向けるのだろう。

「私の携帯、十一月九日なの！　テレビを見ても、今日は十一月九日って言ってた……」

理恵の言葉に、私も携帯電話を開いて確認する。

その場に立ち尽くして、携帯電話の画面を見つめる事しかできない。

「ホントだ……何で？」

「昨日さ、私達の目の前で、猫が車にひかれたよね……もしかして、あの猫じゃなかった？」

そう言い、理恵が指差した先にいる猫。確かに、あんな感じの猫だったような気がする。

「似てるけど、違う猫じゃ……」

私がそこまで言った時、こちらをジッと見ていた猫が急に道路に飛び出し、通りかかった車にひかれてしまったのだ。

「嘘……」

何が何だかわからない。

困惑《こんわく》している私を見つめて、理恵が呟いた。

「明日香も……あの夢、見たんじゃない？」

あの夢……「赤い人」に殺された夢。それを思い出しながら、返事もできずに再び学校に向かって歩き出した。

学校に着くと、玄関の前で留美子が青ざめた顔で立っていた。

チラチラと玄関を見ているけど、どうやら入る事をためらっているようで。

理恵も見たというあの夢を、夢の中の全員が見ていたとしたら、留美子が何を考えているのかわかるような気がする。

あれが夢だとしても、自分が死んだ場所なのだから、入りたいはずがない。

それに、もしも「赤い人」を見てしまったら……。

噂では、放課後にひとりでいる時にしか現れないらしいけれど、それでも怖い。

「あ……明日香、理恵……」

恐怖に顔を引きつらせて、私達に駆け寄る留美子。

「やっぱり……留美子も見たんだね……あの夢……」

理恵がたずねるけど、留美子は首を横に振った。

え？　どういう事？　あの夢を見ていないのなら、留美子は何に怯えているのだろう。

「あれは……夢じゃない……私達、本当に死んだんだよ！」

私の身体を揺すり、留美子はそう言うけれど……死んだと言うなら、今ここにいる
私達は何なのだろう？

「留美子、皆見てるよ……中に入ろうよ」

登校して来た生徒達が、何事かと私達を見ている。

「じゃあ、これを見なさいよ！」

そう言って、制服のボタンを外《はず》し始める留美子。

「ちょっと……何してるの!?　やめなよ！」

私が止めようとした時にはもう遅かった。

ブラウスのボタンも外し、他の生徒がいるにも関わらず、それを開いて見せたのだ。

白いブラジャーの下、留美子の身体にある、無数の裂《さ》けたようなアザ……。

男子生徒達が騒ぎ立てているけど、そんな事はどうでもいいといった表情で、留美
子は私を見ていた。

「明日香だって、同じアザが首にあるじゃない……」

留美子のその言葉に、私は思わず首に手を当てた。そう言われるまで、夢じゃない

なんて考えもしなかった。

「とにかく、教室に行こうよ。ここじゃあ、人の目もあるし」

ブラウスのボタンをとめながら、私の言葉に激しく首を横に振る。

「入りたくない。私達殺されたんだよ？　そこで！」

目に涙を浮かべて、泣き出しそうな留美子。

その気持ちはわかるけど、いつまでもここにいるわけにはいかない。

玄関に入るのを嫌がる留美子を説得して、何とか教室に着く事ができたのは、それから三十分ほど経ってから。

教室に入ると、翔太と健司が、私達と同じように昨日の出来事について話している。

「お前ら、その様子だと……」

私達に気づいた翔太が声をかけてきた。言わなくてもわかる、というような表情で、制服の袖をめくる。

「うわ、翔太もひどいね……」

らせん状のアザが、その腕にはあった。

「腕だけじゃない、脚もなんだ。あの痛みは、まだ覚えている……」

よく見ると、その腕はガタガタと震えている。よほど恐ろしい殺され方をしたのだろう。

真っ先に首を落とされた私は、まだ良かったのかもしれない。先に身体をちぎられていたら……考えただけでゾッとする。

「続くんだろ？『カラダ探し』……」

ボソッと呟いた健司の言葉に、留美子が取り乱したように叫んだ。

「じょ、冗談じゃないよ!! 私なんて、身体を引き裂かれたんだよ!? 今も痛いし……今日もあんな目にあうのはもう嫌!!」

私だって嫌だけど、ここにいる皆、そう思っているだろう。あんな事は二度と起こってほしくない。

でも、今日が九日なら、昼休みに遥から「カラダ探し」を頼まれるはず。私は、それが怖くてたまらなかった。

皆と話をした後、授業が始まった。

けれど、それは昨日聞いた内容で、先生に注意される人も、その内容もまったく同じ。違う事と言えば、私達六人はこれから先、日が変わるまでに何が起こるかをを知っているという事。

そして……遥が、すでに昨日死んでいるであろうという事。

教壇《きょうだん》の前、クラスの真ん中で、一番前に座っている遥の後ろ姿は、どの席にいても目に入ってしまう。

「気持ち悪い……」

遥とは友達だけど、あんな事があったら、普通に接する事なんて、とてもじゃない
けどできるはずがない。

今の私にとっては、遥も「赤い人」も、変わらず恐怖の対象でしかないのだから。

何だか、私達六人が違う世界にでも迷いこんでしまったかのようで、周りのすべて
が違うもののように思えてしまう。

昨日とまったく変わらない授業風景で、居眠りをしている生徒が、先生に教科書で
叩かれる所まで、寸分違《すんぶんたが》わず繰り返される。

よく私は、「明日が来なければいいのに」という言葉を口にしていたけれど、本当
に明日にならないのは不気味に感じる。

昼休みが終わる頃に、遥が私の所に来る。

この教室で「カラダ探し」を頼まれたわけだから、その時にここにいなければ、もしかすると頼まれないかもしれない。

そう思い、前を向いた時だった。

身体は前を向いている遥の頭が、ありえないくらい回って、私を見ていたのだ。

な、何よあれ……。

あまりの怖さで、慌てて視線をそらした私は、それから一度も前を向くことができず、ブルブルと身を震わせて、時間が経つのを待つ事しかできなかった。

「おい、お前ら、俺はすごい事に気づいたぜ！」

昼休みになり、集まって話をしていた私達に駆け寄って来たのは高広。

「なんと、今日は昨日なんだぜ！　弁当のおかずが同じだったから、おかしいと思ったんだよな……」

今さら、何を言っているのだろう？　それに、朝に鏡を見なかったのかな？　高広の顔に、頭部を斜めに切られたようなアザがあるのに。

「お前、今頃気づいたのか？　俺達が考えているのは、どうすれば助かるかって事なんだよ」

呆《あき》れたと言った様子で、翔太が高広を馬鹿にする。

いつもの光景だけれど、私達六人がこうして話をする事は一度もなかった。少し不思議な気がしたけど、居心地は悪くない。

「……何だよ、大発見だと思ったのに。じゃあアレか？　お前らもあの夢を見たのか？」

「あれは夢じゃないんだって！　あんた、夢の中でも寝てたじゃん！　校門の壁を蹴って、玄関のドアが開かなくて！　それであんたも殺されたんでしょ!?　『赤い人』に！」

あまりに鈍感な高広に、留美子が怒鳴りつける。

そこまで怒らなくても……と、思ったけれど、その気持ちはわからなくもない。

「そんなに怒る事ねぇだろ。助かる方法？　んなもん簡単じゃねぇか。遥に頼まれなきゃいいんだろ？『カラダ探し』を」

頼まれなければいい――。

それは考えてはいたけれど、そんな事が本当にできるのか、私にはわからなかった。

高広が言った事が、上手くいくかはわからないけれど、もしかすると、遥に頼まれなければ、今日は「カラダ探し」なんてしなくて済むかもしれない。

「……じゃあ、こうしたらどうだ？　遥が俺達に『カラダ探し』を頼みに来たのは十三時過ぎだ。だから、遥が席を立ったら、皆バラバラに逃げるんだ。それなら、たとえ追いかけられても、頼まれるのはひとりで済むかもしれないだろ？」

なるほど。翔太が言っている事は、今できる最善の方法かもしれない。

でも……。

「ちょっと待って。それじゃあ……もしかすると、この中の誰かひとりだけが『カラダ探し』をするかもしれない……って事だよね？」

理恵が、「ひとりでやりたくない」と言いたそうな表情でたずねた。

「わ、私は嫌だからね！　絶対逃げてやるんだから！」

留美子だけじゃない、きっと、皆そう思っているはず。私だって、ひとりでやるなんて嫌だ。

「やってみないとわからないだろ？　やりもしないのに、話だけしていても、何も解決しないからな」

眼鏡をクイッと上げて、翔太が時計を見た時だった。

ガタッ。

椅子が、後ろの机に当たる音が聞こえて、遥が立ち上がったのだ。

「え!?　もうそんな時間なの!?　まだ心の準備が……」

手に持っていたペットボトルを慌てて机の上に置き、口を拭《ぬぐ》う留美子。

「来るぞ！　いいな、皆バラバラに逃げろよ！」

翔太の言葉を合図に、私達は教室を飛び出した。

翔太と健司は教室を出て、東棟《とう》へと続く、大職員室前の廊下へと曲がり、私を含む四人はまっすぐに走る。

「俺は上に行く！」

「じゃ、じゃあ私は下！」

階段で、高広と理恵のふたりと分かれた。

「明日香、遥来てる!?」

そんなの、自分で見ればいいじゃない！　何で私が見なきゃいけないのよ！

そう思いながらも、チラリと後ろを見ると、遥が、無表情で私達の後を追いかけて来ていたのだ。

「来てる……来てるよ！」

「嘘でしょ!?　じゃあ、私は突き当たりを左に行くから、あんたは右行って！」

歩いている生徒を避けながら、遥に追いつかれないように必死に走る。

そして、留美子の言う通り、私は右に曲がって、すぐにあるトイレに駆け込んだ。

どこでもいい……とにかくどこかに隠れたい。

その一心で、一番手前のドアを開けてその中に入って鍵をかけた。

心臓がバクバク言ってる。どうして私がこんな目にあわなきゃいけないのだろう。

どうか……どうか、留美子の方に行ってくれますようにと、必死に祈っていた。

だけど……。

キュッ。

キュッ。

上履きが廊下で擦《こす》れる音が、トイレの前で止まった。

どうして私の所に来るの⁉ お願いだから、入って来ないで‼

私のそんな祈りも、天には届かなかったようで……あの上履きの音が、トイレの中に入って来る。

来ないで……来ないで！

そう祈っていると、足音が聞こえなくなり、沈黙が訪れた。

良かった、きっと引き返したんだ。

ホッと胸をなで下ろし、外に出ようと、鍵に手をかけようとしたけど、私は本当に外に遥がいないか、ドアのわずかな隙間《すきま》から外の様子を見た。

と、同時に、遥の目がドアの向こう側から、こちらをのぞいていたのだ。

「いやあぁっ‼」

思わず叫んだ私に追い打ちをかけるように、ドアを叩き始める遥。

ドンドン……。

ドンドン……ドン。

ドン!!

ドアが壊れてしまうかと思うほど叩かれ続けて……。

そして、音が止んだ。

諦《あきら》めたのだろうか。でも、まだ視線を感じる。

恐る恐る顔を上げて見ると……そこには、何もない、ただの天井があるだけ。

「よ、良かった……諦めたんだね……」

フウッと、深い溜め息をついて、ドアを開けて外に出ようとした時だった。

ガシッと、背後から肩をつかまれて……。

「ねえ、明日香……私のカラダを探して」

遥は、私の背後にいたのだ。

私は、確かにドアの向こうに遥がいる事を確認したのに、どうして私の背後にいるの？

叫ぶ事もできずに、トイレの壁にもたれかかって脱力している私の前を、遥が無表情で通り過ぎる。

「カラダ探し」を頼んだら、もう私には目もくれない。

しばらくボーッとした後、再度深い溜め息をつき、重い足取りで私はトイレを出た。

「今日は、私ひとりで『カラダ探し』か……どうしよう」

そう呟きながら、教室へと向かって歩いていた。

教室に戻りたくない、今すぐ帰って布団の中で眠りたい。それで明日になってほしい。

そんな事を考えながら、トボトボと歩いていた時だった。

「明日香ぁ!!　どうしよう、また私頼まれちゃったよ!　もう嫌だぁ」

突然背後から抱き付いてきたのは留美子。

さっきの事もあってか、後ろから来られるとビクッと反応してしまう。

いや、待って?　私と留美子は反対の方に逃げたのに、どうして留美子も頼まれたの?

「留美子、私も……遥に言われたんだけど」

私のその言葉に、ゆっくりと腕を離す留美子。

「ちょっと待ってよ……ありえないって。明日香と私の前に現れたわけ?　遥がそんなに足が速いわけないじゃん」

そんな事を私に言われても。とにかく、教室に戻って、皆の話を聞くしかなかった。

教室に戻ると、皆はすでに集まっていて、結局は、皆の所に遥が現れて「カラダ探し」を告げられたらしい。

それこそ、校舎のあちこちに散らばるように逃げたのに、同時に六ヶ所に遥が現れた事になる。そんな話をしているうちに、授業が始まったけれど、とてもじゃないが授業の内容が頭の中に入らない。

もともと、昨日の授業が繰り返されているだけだから、考える時間ならいっぱいあった。

紙に書いたメモを、留美子や理恵に回しながら、今日の「カラダ探し」について連絡を取る。メールでも良いけど、留美子はマナーモードにしていない可能性が高いから。

「『カラダ探し』って、校舎全体でやらなきゃならないの？」

「教室の鍵とか、開いてるのかな？」

「理科室は嫌だよ」

それぞれが、思っている事や不安をただ回しているだけで、建設的な話し合いとは程遠い、ただの雑談に近い。

そのメモのやり取りをしている間、私は遥を見ないようにしていたけれど、ずっと、見られているような視線を感じていた。

それが遥かどうかはわからない。

でも、チラリと見た遥の後ろ姿……遥の頭の中から髪を分ける手と、そこからのぞく目を、私は見たのだ。

そして放課後、私達は「昨日」と同じように集まり、話をしていた。

「ねぇ、マジでヤバいんだけど。また『カラダ探し』させられるんでしょ？」

いつものやる気のない留美子じゃない、恐怖で声が震えている。

私は遥の髪からのぞく、あの不気味な目が頭から離れず、何も言いたくない気分だった。

「また……あのメール来るのかな？　気持ち悪いメール」

理恵が言っているのは、あの大量のメールの事だろう。私も、あんなメールは見たくない。

「だったら、電源を切っておけばいいんじゃないか？」

翔太は簡単に言ってくれるけど、きっと、あのメールはそんな事に関係なく入ってくるに違いない。

そして、メールを開くまで「無視するな」という短い文章が送られ続けると考えると、気がめいってしまう。

「カラダ探し」の最中に、もしも、また「赤い人」に出会ったら、振り返ってはならない。振り返らずに逃げなければならないのだ。

また、死んでしまったら、あの痛みと苦しみを味わう事になる。

「カラダ探し」では、死んでも死ねないとは、こういう意味なのだと……やっと理解できた。

話をしていても何も解決しないと判断した私達は玄関に移動することに。

「カラダ探し」が始まって、最初の動きを決めておこうと翔太が提案したから、どうすれば良いかわからない私達はそれに従うしかなかった。

「いいな、『カラダ探し』が始まったら、男子と女子で分かれよう。俺達は玄関を入って左の東棟、留美子達は右の西棟、どこにあるかわからないけど、ひとりが一フロアを調べれば、すぐに終わるさ」

玄関を出た所で、私達に説明する翔太。確かに分かれた方が、探し物を見つけるにはいいと思うけど、翔太は大事な事を忘れている。

「『赤い人』が出たらどうするのよ……それでも探せって言わないよね?」

「昨日の夜は、校内放送で『赤い人』の出現場所を知らせてくれた。現れる場所がわかったら、とにかくそこから離れるんだ。いいな?」

こんな状況だというのに、翔太はよくそこまで考えられるものだ。高広は高広で、地面に腰を下ろして、あくびまでしている。翔太の話に興味はない……そんな感じだ。

「話は終わったか？　だったら帰ろうぜ。さっさと終わらせて、明日が来ればそれで良しなんだろ?」

そう言って、高広は校門へと歩いていった。

これ以上考えていても仕方がないという事で、私達も帰る事に。

そして、校門を出る時に、ふと振り返って見た渡り廊下……そこには、遥が無表情でこちらを見下ろしていたのだ。


学校から帰り、昨日と同じように時間を潰し、昨日と同じ夕食をとり、昨日と同じようにベッドに横になっていた。

日付が昨日と同じだから、メニューも同じで、あまり食べる気がしない。それに、この後に起こる事を考えていたら、食欲なんてあるはずがなかった。

昨日の今頃なら理恵とメールをしていた時間だけど、それも今日はなくて、何もしていないと時間が経つのが遅く感じる。

死刑囚《しけいしゅう》が、死刑を執行《しっこう》される前は、こんな気分なのだろうか？

楽しい事を待っている時も、時間が経つのが遅く感じるけれど、それとはまったく逆の心境だ。

イライラして、何かに当たりたくなるような衝動《しょうどう》。生理の時の何倍もイラつく。

「何で私なのよ!! 他の人でも良かったでしょ!!」

どうせ、「赤い人」に殺されたら、また同じ日が繰り返されるんでしょ!!

その思いが、私を奇行《きこう》に走らせた。

「もう嫌！　こんな物……こうして……こうやって!!」

そう叫びながら、布団の生地を破り、中から羽毛《うもう》を引き出して部屋にばらまいた。

枕にもはさみを突き立てて、そして思いっきり引き裂く。その中の羽毛を上に放り投げて……ヒラヒラと落ちる羽根を見ながら、涙を流した。

「はは……今日は……メールが来なかったじゃん……」

羽毛が散乱した床を歩いて、時計の前に来た時だった。

0時を告げる、ピピッという電子音が鳴り……気づけば、私達六人はまた、学校の玄関の前にいる。

そこにいた皆、それぞれの感情を爆発させたのだろうか。

理恵と留美子は泣いていて、翔太はイラついている様子。健司はよくわからないけれど、今日も大の字で寝ている高広は、さすがとしか言いようがない。

「高広!!　今日も寝てるのかよ!!」

昨日とは違い、高広の足を思い切り蹴とばす翔太。そこまでする必要はないのに、よほど腹が立ったのだろう。

「いってぇ！　誰だ!?　てめぇか？　翔太ぁ!!」

目をこすり、辺りを見回してゆっくりと起き上がり、翔太に詰め寄る高広。その表情は、怒りに満ちていた。

「馬鹿かお前は!! 状況を考えろ!!」

翔太はそう叫ぶけど、それはあまりにも高広がかわいそうだ。

不安や、嫌な事があったら、私も眠りたい事があるのに、あんな起こされ方をしたら怒るのも当然だよ。

「ちょっと、翔太！　今のはひどいよ!!　寝てても仕方ないでしょ！　高広も、もう怒らないでよ……皆で協力しなきゃ、いけないでしょ!?」

私は思わず、ふたりの間に割って入った。

正直、そのやり取りにイラついたから。

「チッ……明日香が言うなら仕方ねぇな……」

高広がそう言った時、玄関のドアが私達の目の前で開いたのだ。

二回目の「カラダ探し」が始まった。

「始まった……皆、走るぞ！　急いで『カラダ』を探すんだ！」

翔太の言葉で駆け出す皆。

確かに、時間をかければかけるほど、「赤い人」に遭遇《そうぐう》する確率は高くなってしまう。

だったら、どこにあるかわからない「カラダ」を、早く探すしかないのだ。

玄関に入った私達は、放課後に翔太が言っていたように、西棟に向かって走る。

そして、西棟に入った所で、誰がどこに行くかを決めなければならないという事に気づいた。

「留美子と理恵は何階に行く⁉」

「わ、私は二階がいい……」

「あー、もう！　何で昼のうちに決めておかなかったの⁉じゃあ、私は一階でいいや」

理恵が二階、留美子が一階となると、私に残されたのは三階。

本当は三階には一番行きたくない。一階と二階には、別棟へと続く廊下があるけれど、三階にはないから。

そこに「赤い人」が現れたら、下の階に逃げるか、教室に隠れるしか方法がないのだ。

「そんな事言ってても、仕方ないじゃん！　三階は私だね。留美子、頑張ってよ！」

この話し合いだけでも、かなりのタイムロスだ。

東棟に向かった翔太達の姿はもうない。留美子と分かれ、私達も早くと、理恵と一緒に階段を駆け上がっている時だった。

ザザッ……トントン……。

校内放送が流れる。最初に「赤い人」が現れるのはどこなの⁉

不安と恐怖で胸が苦しい。

『「赤い人」が、東棟二階に現れました。皆さん気を付けてください』

その放送に、理恵の足が止まった。

「二階って……まさかこっちには来ないよね？」

ガタガタと震えながら私にたずねる理恵。

東棟には男子がいる。しかも二階は、東棟と、私達のいる西棟をつなぐ、大職員室前の廊下や、図書室前の廊下があるのだ。

「わからないよ!!　でも、『カラダ』を探さなきゃ！　私は三階だから、頑張ってよ、理恵！」

そう言い、私は階段をさらに駆け上がった。

三階に着いた私は、どちらに行くべきか悩んだ。

北側には一部屋、南側には四部屋ある。普通に考えれば、北側の一部屋から先に調べるのだろうけど……もしも、「赤い人」が三階に来たら、逃げ道がないから追い詰められてしまう。右には、三部屋越えれば階段があるから、逃げる事を考えれば右。

「ダメだ……考えがまとまらない……」

「赤い人」が来ないうちに、右から探そう。

しばらく立ち止まり、考えてから、そう結論を出した時だった。

「う、うわああああああっ!!　く、来るなああああっ!」

翔太の叫ぶ声が校舎中に響き渡り、走ってくる足音が……こっちに近づいてくる!?

「嘘でしょ!?　何でこっちに来るのよ!!」

急いで北側の教室に逃げ込み、その場にしゃがむ。

よりによって、階段を駆け上がってきている。

来ないで……こっちに来ないで!!　祈るように心の中で叫んだ。

その祈りが通じたのか、三階に上がった翔太はこちらではなく、南側へ向かっていったようだ。

だとすれば、きっと翔太は二階に下りて行く。

そこには……理恵がいる。はち合わせしてしまえば、ふたりとも死んでしまうかもしれない。

でも、私が行っても助ける事はできない。今、私ができる事は「カラダ」を探す事だけと、そう自分に言い聞かせて立ち上がり、部屋を見回した。

パッと見、何もあるようには思えない。それはそうだよね……机の上に、ポンと置かれているくらいなら、「探して」なんて言われるはずがないよね。

だとすると、掃除用具の入ったロッカーとか、ゴミ箱の中とか。

暗闇の中、携帯電話の明かりを頼りに、ロッカーへと近づき、それに手を伸ばしたその時だった。

「いやああぁっ！　やめて！　離れて！　やだ……嫌だああっ！　あぎゃっ!!」

すぐそこで……理恵の悲鳴が聞こえた。

どうして理恵の声が。「赤い人」は翔太を追いかけていたんじゃないの？

翔太は……どうなったの？　死んだの？　それとも、もしかして理恵に「赤い人」を押し付けて？

そんな事を考えていた時。

「あ〜かい　ふ〜くをくださいな〜し〜ろい　ふ〜くもあかくする〜まっかにまっかにそめあげて〜お顔もお手てもまっかっか〜」

低い声で唄いながら……誰かがこちらに向かって歩いてきていた。

ペタ……。

ペタ……。


足音が、教室の前の廊下から聞こえる。

私は、廊下側の壁に背中を付けて、その音が通り過ぎるのをただ祈るしかなかった。

歌と、ペタペタという足音がこの教室の前で止まり、聞こえなくなった。

そこで立ち止まっているだけなのか、それとも教室の中に入ろうとしているのか。

どちらにしても、この教室に入ってくる!?

そう思ったけど、そうではなかった。

痛いほどの静寂《せいじゃく》に、息もできずに震えていた時、校内放送が流れたのだ。


『「赤い人」が、工業棟一階に現れました。皆さん気を付けてください』


その放送を聞いて、私は理解した。

「赤い人」は、動き続けているわけではなく、突然消えて、突然現れるのだという事を。

工業棟は、昼間に留美子が逃げた場所。

ここからだと、かなりの距離があるし、何より西棟の三階はどの棟にもつながっていないのだから。

この間に、探せる所は探しておきたいけれど……理恵の事が気になって、私は教室を出た。

「理恵、大丈夫だよね……生きてるよね？」

叫び声は、階段の方から聞こえた。

理恵が死んだなんて思いたくはない。でも、私の携帯電話が照らし出した、階段の踊り場には……。

ものすごい力で潰されたであろう理恵の上半身が、その下半身の上におおいかぶさるようにして、そこにあったのだ。

「り、理恵……ああ……」

うつろな瞳で、階段を見つめている理恵の無惨《むざん》な姿に、昨日の恐怖が脳裏《のうり》をよぎった。

また、あんな痛みは味わいたくない。あんな苦しみは嫌だと、踊り場で息絶えた理恵も、きっとそう思っていただろう。

「もう……嫌だよ……」

必死に抑えていた涙が、ボロボロと頬《ほお》を伝い落ちる。

もう嫌だ、どうして私が、なんて言葉を並べても、この状況が変わるはずもない。

私達が死ねば、また何事もなかったかのように、「昨日」が始まって、私達は「カラダ探し」をしなければならないのだ。

泣いている暇なんてなかった。

涙を制服の袖で拭《ふ》き、私は再び教室に戻って、開けようとしていたロッカーへと歩を進めた。冷たく、張り詰めた空気が私の足取りを重くする。

そして……ロッカーの前に立ち、ゆっくりとそれを開けた。と、同時に私に倒れかかってくるモップ。

「きゃあああああっ！」

思わず声を上げてしまったけど。

こんなの、何でもない普通の事なのに、何が起こっても怖い。

倒れたモップを拾い上げて、ロッカーに戻そうとしたその時だった。

ポンッと、誰かが、私の右肩に手を置いたのだ。肩に置かれたその手に……私は恐怖した。

「赤い人」は工業棟にいるはずなのに、もうここまで来たの？

これで振り返って「赤い人」を見てしまったら……私はもう、振り返る事ができない。

でも、「赤い人」なら振り返らなくても、この状況なら殺されてしまう。

「ハァ……ハァ……あ、明日香……ここにいたのか……」

その声は、翔太のものだった。

慌てて振り返るとそこには、大量の冷や汗をかいて、恐怖に顔をゆがませている翔太の姿があったのだ。

「あ、危なかった……理恵が……理恵がいなかったら、俺……死んでた」

そう言った翔太に、私は嫌悪感を抱かずにはいられなかった。

理恵がいなかったら、俺が死んでた？　何？　それ……。

「理恵が……どうなったか、翔太は知ってる？」

言葉にするだけで、怒りがこみ上げてくる。

「ああ、見た。ひどいよな」

ひどい？　ひどいのは誰？　理恵をあんな姿にしたのは……誰なのよ！

「ひどい？　ひどいのはあんたでしょ!!　あれを見てひどいって言うなら、あんたが死ねば良かったじゃない!!」

悪びれた様子もなく、理恵に「赤い人」を押し付けたであろう翔太を、私は許す事ができなかった。

「おいおい、明日香だって死ぬのは嫌だろ！　俺だって嫌だ！　それに……どうせ起きたら『昨日』に戻ってるんだ。理恵も生き返ってる」

よくも、そんな事を平気で言えたものだ。

自分で「赤い人」を見て、それで死んでしまうなら、まだ納得もできる。昨日がそうだったから。

誰のせいでもない、自分のせいで死んだのだから、誰にも文句は言えなかったし、皆と話をする事もできたけど……翔太は違う。

自分が死にたくない一心で、理恵を身代わりにしたのだから。

「だからさ……それだったら、あんたが死ねば良かったたって言ってるでしょ!!　起きたら生き返ってるんでしょ⁉　だったら死ねばいいじゃん!」

もう、翔太の事は信じられない。

翔太も何かを言おうとしていたようだけど、私の剣幕《けんまく》に押された。それが表情からは読み取れる。

「もういい……翔太がここにいるなら、私が東棟に行く……」

そう言った私に、翔太は私に何も言う事ができずに立ち尽くしていた。

教室を出て、理恵がいる階段を下り、大職員室前の廊下を通って、東棟に向かっていた時。

『「赤い人」が、西棟三階に現れました。皆さん気を付けてください』

という、校内放送が流れた。

危なかった。もしも、翔太が来なければ私は、「赤い人」に遭遇していたかもしれない。

いや、もしかしたら「赤い人」を見た翔太が振り返って、「赤い人」が移動しただけかもしれないけど、今の私にはどうでもいい事だった。

翔太がどうなったとしても。

そして……。

「ひぎゃあああああっ!!」

翔太の悲鳴が、背後から聞こえ、私はその悲鳴から逃げるように東棟に入った。

翔太は二階のどの部屋から探したのだろう?

こういう事があると、結局最初から探す事になる。

三階とは違い、南側には購買《こうばい》の部屋と教室が三つと何かの部屋、北側には部屋がひとつに、生産棟へと続く渡り廊下がある。昼間、遥に追いかけられた時に、私が隠れたトイレのある棟だ。

「生産棟は広いからなあ……」

そんな事を呟いて、私は南側へと向かった。
購買の部屋に入ろうとしたけど、ドアが開いていて、中の物が棚《たな》から落とされてい
て、翔太が調べたのだろうという事がわかったから、入るのを止めた。
もしも、「赤い人」が現れた場合、廊下にいるよりも教室の中にいた方が、隠れる
所がある分、助かる可能性は高い。
それに、廊下で「赤い人」を見てしまったら、どうやって振り返らずに逃げればい
いのだろう？　後ろ向きでT字路まで走って、大職員室前の廊下を逃げれば良いのだ
ろうか？
なんて、そんな事を考えていても仕方がない。
購買の部屋を素通《すどお》りし、次の教室に入って、まずは室内を見渡した。
「やっぱり、見える場所には、ないんだろうな……」
教室の後ろから入ったから、ロッカーやゴミ箱は近い。
さっきみたいに、モップが倒れてきただけで驚かないように、私はロッカーを開け
た。
予想外と言うか、当たり前と言うか、きれいに収納されている掃除用具が倒れてく
る事はなかったけれど。
「……ないなぁ、ゴミ箱かな？」

と、ロッカーを閉じた時だった……。

「あ〜かい　ふ〜くをくださいな〜」

と、いう歌が……近づいてきていた。

嘘でしょ……「赤い人」が、こっちに来てるの？　さっき、翔太の悲鳴が聞こえたばかりなのに、それからすぐに階段を下りて、東棟に向かってきたっていうの!?　どうしてこっちに来るのよ！

言い様のない不安が、私の身体を包み込む。今からこの教室を出れば、間違いなく「赤い人」とはち合わせしてしまうから、この教室のどこかに隠れなければならないのに、机の陰《かげ》くらいしか隠れる所がない。

中庭側の、後ろの机の陰に身を潜めた私は、「赤い人」が通り過ぎてくれる事を祈った。

「まっかにまっかにそめあげて〜お顔もお手てもまっかっか〜」

耳に入って来るその声は、私には死者が呼んでいるように聞こえて……。

ただでさえ、ピリッと張り詰めていた空気が、まるで、カミソリで身体を切り刻まれているかのように痛く、冷たい物に変わっていく。

ペタ……。

ペタ……。

足音が、教室の前の廊下から聞こえる。
このまま前のドアも通り過ぎていって!!
必死に呼吸をする事も忘れて、ただ祈った。

「あかがつまったそのせなか〜」

バンッ!と、教室の前のドアを勢いよく開けて、「赤い人」が中に入ってきた。
私の祈りは、届かなかったようだ。
もしかして、私は「赤い人」に見つかったの!?　早く逃げなきゃ……逃げなきゃ!
でも、怖くて身体が動いてくれない。

まるで、死神の鎌《かま》が、私の首に当てがわれているようで……動いたとたんに、その鎌が私の首を切り落としてしまいそう。

「わたしはつかんであかをだす～」

歌を唄いながら、「赤い人」が机の上に飛び乗ったようで、ガタンと、机が揺れる音が聞こえた。そして、笑い声を上げながら、机から机へと飛び移っている。

まさか遊んでいるの？　だったら、こんな所で遊ばないで！

「キャハハハッ！」

無邪気に笑うその声が、逆に私の恐怖心をあおる。机が揺れる、ガタガタという音が、徐々にこちらに近づいてくる。

もうダメだ……見つかる！

そう思った時。

私が隠れている机の、隣の机が揺れる音が聞こえて、次に「赤い人」が飛び移ったのは、前の机だった。

もう、逃げるなら今しかない！

髪の毛を後ろに引っ張られているような、動く事さえ自由にできない空気の中、「赤い人」に見つからないように、教室の後ろのドアに四つんばいになって向かった。

「赤い人」はまだ私には気づいていないはず。

ひとつ、そしてまたひとつ机を移動しながら、ドアに近づき……最後の机の陰にたどり着いた時だった。


ガタンッ!


「え?」

「赤い人」は、前の方の机に乗っていたのに……私が隠れた机が揺れて、思わず机を見上げてしまった。

「赤い人」が……私を見下ろして、ニタリと、不気味な笑みを浮かべる。

み……見つかった。いや違う、きっと「赤い人」は、私がここにいる事に気づいていたんだ。気づいた上で、私が恐怖するように遊んで、そして怯える私を追い詰めて殺す。

「赤い人」は、見た目通り子供なんだ。

子供が、昆虫の足や羽根をちぎって、動けなくして遊ぶのと同じ。この少女の前では、人間もそれと同じなのだ。

どうしよう……逃げなきゃいけないのに、怖くて動けない。でも……動かないと殺される！

「まっかなふくになりたいな〜」

歌を唄い終わったのだろう。

「赤い人」は、私を見下ろして、不気味な笑みを浮かべたまま……私の背中に移ろうと、机から飛び下りた。

「いやあああっ！」

私は床を蹴り、滑《すべ》るように、教室の後ろにあるロッカー際まで下がって、間一髪それを避ける事ができたけど、「赤い人」は依然《いぜん》として私を見つめている。

床をはいながらドアを開け、なんとか立ち上がり、教室から出て生産棟の方へと向かって走り出した。

膝《ひざ》が笑って、思うように走れない。それに、恐怖からか、身体に力が入らない。

「キャハハハハッ！」

追いかけてくる「赤い人」の笑い声が、すぐ後ろで聞こえる。

でも、振り返る事はできない。このまま逃げても、いつか追いつかれる。

「こ、来ないで!!」

恐怖を振り払うように叫び、生産棟の一番奥の曲がり角を曲がった時だった。

私は、ヌルッとした物に足を滑らせて、そこで転倒《てんとう》してしまったのだ。

床には真っ赤な血だまり……そして、その血を流した健司の頭が、その目が、私を見ていた。

「きゃあああああっ！」

そこから逃げようと、私はつい、振り返ってしまい……。

「ねぇ……赤いの、ちょうだい」

最後に聞いた声は……それだった。

私は床に頭を押し付けられて……頭部を潰された。

三日目

私は昨日、また死んだ。

人生で二度も死ぬなんて、そう経験できる事じゃない。

しかも、私はまだ生きている。この先、いずれまた死が訪れるのだ。

身体が冷たくなるとか、意識が遠のくとか、私にはそんな感覚はなかった。頭を潰されて、何も考える間もなく死んだから。

そんな事を考えながら、ゆっくりと目を開けると……いつもと変わらない、自分の部屋の天井が見える。身体を起こして、机に歩み寄り、充電器に置かれた携帯電話を確認した。

「十一月九日……また『昨日』が始まるのか……」

もう……嫌だ。

このまま登校して、猫が車にひかれるのを見て、昼休みに遥に「カラダ探し」を頼まれて、0時になったら、夜の学校に呼ばれる。

「カラダ探し」が終わらない限り、私達には永遠に「昨日」が繰り返される。

こんな事なら、学校になんて行きたくない。でも、翔太の事が許せない。学校に行って、一発殴ってやらないと気が済まない。

私は学校へ行く準備をして、いつもの時間に家を出た。顔に、縦に入ったアザを触りながら。

家を出て、登校中に理恵と合流したけれど、私達は何も話さなかった。

目の前を横切った猫が車にひかれたけれど、それももう三度目。

私と理恵は、同じ事を考えている。それは、理恵の目を見ればわかる。

学校に着いて、玄関で会ったのは健司だった。

「昨日」は、留美子が怯えていたけど、今日は健司が誰かを待っている様子で、柱にもたれて立っていた。

「赤い人」に追われていた時に、健司の血で滑ったせいで私は殺されたけど、それは健司のせいじゃない。

「明日香、理恵……ちょっといいか？」

珍しく、健司の方から話しかけてきた。

「どうしたの？　私達、翔太に用があるんだけど……」

私がそう言った時、無表情の健司の眉間《みけん》に、わずかだがしわが寄った。

「ふたりもか？　まさか、昨日翔太に『赤い人』を押し付けられたのか？」

「え？　もしかして……健司も？」

理恵が驚いたように、健司に詰め寄った。

「『昨日』の最初の校内放送あっただろ？　あの時、翔太は階段の近くで『赤い人』に遭遇したと思うんだ。俺は三階にいたから翔太の声が聞こえて、あいつが三階に来たからさ、俺も逃げたんだ……反対側の階段から二階に下りて、生産棟の方に。それで……翔太に襟《えり》をつかまれて、倒されたんだよ」

そして、あの曲がり角で殺されたのか。

「健司も……私も同じような感じかな……背中にしがみつかれて……踊り場で」

理恵だけじゃなく、健司も、翔太に殺されたようなものだ。

私は、もう怒りを抑える事ができなかった。

教室に入ると、翔太は何事もなかったかのように、高広と留美子に話をしている。

健司はいつもと変わらない表情だからわからないけれど、怒っている時はよくしゃべるようになる……玄関で会った時、あれだけしゃべっていたんだ、よほど頭にきたのだと思う。

私の後に続いて入った健司が、まっすぐ翔太に歩み寄り、その後ろ襟をつかんで、思い切り後ろに引いて床に倒した。

きっと、「昨日」翔太に同じ事をされたのだろう。

普段大人しい健司がこんな行動に出たのを見て、高広も留美子も驚いた様子。

「いってぇ……何するんだよ！」

自分を見下ろしている健司をにらみつける。

「健司、一体どうしたのよ？　翔太にそんな事するなんてさ」

留美子が慌てて仲裁《ちゅうさい》に入ろうとするけど、高広が留美子の腕をつかんで止める。

「ちょっと、高広……何で止めるの？」

「いや……気になったからな、健司がどうして怒っているか、理由知りたくねぇか？」

高広の言葉に、留美子も黙ってしまった。

「翔太、お前……俺だけじゃなくて、理恵にも『赤い人』を押し付けたんだろ？　何考えてんだよ？」

健司のその言葉に、留美子を止めたはずの高広が、翔太をにらみつけ、歩み寄った。

「翔太、そりゃあどういう事だ？　『赤い人』を押し付けただと？」

まだ立ち上がっていない翔太の前にしゃがんで、にらみつける高広。

そういえば、「昨日」は玄関で別れてから、高広を見ていない。

私が死んだ後、何かあったのだろうか？

「誰かが死ぬんだ、俺の代わりに健司と理恵が死んだ……ただそれだけの話だろ？

それに俺も死んだんだ。いいだろ、それで」

まだ翔太はそんな事を言っているの？

翔太が巻き込んで殺したのはふたり。それを自分も死んだからいいだろって。

「何なのそれ……もしかして、私が二階に行ってたら、私が翔太に殺されてたって事？」

留美子が、怪訝《けげん》な顔を翔太に向ける。

「俺が殺したわけじゃないだろ!? 殺したのは『赤い人』だ！」

皆から視線をそらして、翔太がそう叫んだ。と、同時に目の前にしゃがんでいた高広が翔太に顔を近付けた。

「もう一回言ってみろよ。それは本心なのか？　あぁ!?」

翔太の胸ぐらをつかんで、さらに問い詰める。

高広は、自分の事以外あまり興味がないと思っていたから、この行動は予想外だった。人の事で怒った高広なんて、見た事がなかったから。

「だってそうだろ!? この中じゃあ、俺が一番頭がいい！だったら、俺が生き残った方が、『カラダ』が隠してある場所に、たどり着く可能性が高くなるだろ!? お前らに隠し場所の特定ができるか!? 推測ができるのかよ!!」

人間は、追い詰められると本性が表れると言うけれど、これが翔太の本性？　私達をそんな風に思っていたの？

「そうかよ……じゃあ、俺達が『赤い人』を引き付けてたら、お前が『カラダ』を全部探してくれるってのか？　あぁ!?」

いつもの高広なら、とっくに殴っていてもおかしくない事を言われているのに。

それに、留美子も呆れたような表情で翔太を見ている。

「ああ、俺の方が見つける事ができるね。高広、毎回テストで赤点取ってるお前なんかは……ひとつも見つけられないんだよ!!」

鼻息も荒く、そう言い切った翔太。

高広は、服をつかんでいた手を離して立ち上がると、留美子の隣に戻って、深い溜め息をついた。

「翔太さぁ、あんた何か勘違いしてない？『昨日』、高広は『右腕』を見つけたんだよ？」

「悪かったな、赤点ばかりの俺が、校長室の中で見つけちまってよ!!」

留美子と高広の言葉で、翔太は完全に反論できなくなってしまっていた。

「高広、『右腕』を見つけたって本当なの？」

その言葉を疑うわけじゃないけれど、あまりにもとうとつに言うから私は驚いていた。

「嘘じゃねぇよ？　校長室にあったんだよ。でもよ、それをどうすればいいかわかんねぇだろ？」

そういえば、私達はカラダを探してはいるけど、見つけた後、それをどうすればいいのだろう？　まさか、全部見つかるまで持ち歩くわけにもいかないし。

「高広が大声で、『誰かいるかー？』って叫んでるのが聞こえたから行ってみたら、腕を持ってるんだもん……気持ち悪かったよ」

自分でそう言いながら、身震いをする留美子。だから、留美子は高広が『右腕』を見つけた事を知っていたのか。

「それでどうしたの？　その『右腕』」

私がたずねると高広は、留美子と顔を見合わせて苦笑した。

「玄関前のホールに、自販機があるだろ？　その前くらいに、棺桶《かんおけ》があったんだよ」

「それを見たらさ、遥のカラダを置けるようになってたんだ。だから、そこに置いたんだよね」

カラダを置ける棺桶。

ふたりの話からじゃ、詳細を聞く事は難しそうだから、夜の「カラダ探し」の時に教えてもらう事にしよう。

そんな話を、今日は続けていた。

いつもの「昨日」と違う点は……この会話に、翔太が参加していないという事だけだったけど、誰もそれには触れなかった。

その後の休み時間も、翔太は私達の会話の中にはいなかった。いや、私達が避けたと言った方が正しいのだろう。とにかく、あんな考え方を押し付けようとする翔太とは、話す気になれなかったから。

「で、どうするよ？　結局は、遥に『カラダ探し』を頼まれたら、夜にはまた学校に呼ばれるんだぜ？」

高広はそう言うものの、昨日、全員がバラバラに逃げたのに、遥はその全員の所に現れたのだ。

私には、どうすればいいかなんてわからない。でも、あんな怖い思いをするのは嫌だった。

「んー……じゃあさ、殺しちゃえば？」

留美子が突然言ったその言葉に、私は耳を疑った。

「ちょっと留美子……殺すって……遥は友達なんだよ？」

思わず私は反論したけど、アレが本当に、私が知っている遥かどうかわからないという疑問が残っていた。

「その友達が、私達に『カラダ探し』をさせてるんだよ!?　悪いけど、私はもう死にたくないし」

留美子のその気持ちは、私にも痛いほどわかる。わかるけど、納得はできなかった。

「それならよ、あいつにやらせればいいだろ？　仲間を利用したあいつに」

そう言った高広が指差した先には……寂しそうに椅子に座る翔太がいた。

人の弱みにつけ込んで何かをさせるのは気が引けるけど、翔太がやった事には腹が立つし。私がそんな事を考えている間に、高広が翔太の席に歩み寄る。

「おい翔太、お前……遥を殺せよ」

高広が翔太の座っている椅子を蹴り、そう言い放った。

私はまだ納得はしていない。けど、心のどこかで、遥がいなければ、私は「カラダ探し」をしなくて済むのではないか、という思いがあった。

それに……あの遥は、遥じゃない。だから、私は高広を止める事ができなかった。

「な、何言ってるんだよ……遥を殺すって、そんな事……」

「できるよな、お前は。理恵と健司を殺したお前ならよぉ！」

翔太が言い終わる前に、そう言って机を叩く高広。

もう、こうなったら高広には勝てないだろう。いくら翔太が頭がいいからと言っても、自分の非を責められたら、反論なんてできるはずがない。

イエスかノーか、どちらかしかない選択肢《せんたくし》ですら、イエスしか認めない。高広の言葉には、そういった脅《おど》しも含まれていた。

「遥を殺して……もしも『明日』が来たらどうするんだよ！　俺は人殺しになるだろ！」

「もう人殺しみたいなもんだろ！　あぁ!?　健司も殺した、理恵も殺した、なら遥も殺せるだろ!!」

「それは……『カラダ探し』の話だろ」

「カラダ探し」の中でなら、人を殺してもいい。

そんな事を思っている翔太なんてどうなってもいいと、私はそう思うようになっていた。

高広に遥を殺す事を強要された翔太は、授業中もガタガタと震えているのがわかった。

あの日、遥に「カラダ探し」を頼まれさえしなければ、翔太が孤立《こりつ》する事はなかったのかもしれない。

繰り返される「昨日」の中では、他の生徒達は、プログラムされた通りに動くロボットのように、同じ行動を取るだけ。

話しかければ会話はしてくれるし、高広が怒鳴れば、その方を向くけれど。それでも、自分の意思を持っているのは私達だけのような不思議な感覚に包まれる。

そして、その中で特に異質な遥の存在。チラリとその姿を見る度に、グリンと首だけが回り、私を見つめる。慌てて視線をそらすと、視界に映る遥はゆっくりと前を向く。クラスメイト達も見ているはずなのに、誰も騒ぎ立てない。

もう、異質なんてものじゃない……あんなの遥なんかじゃない。ただの化け物だ。

だったら、翔太も深く考えなくてもいいのに。

考えれば考えるほど、私の心の中が黒く染まっていくような気がする。

他人事《ひとごと》かもしれないけれど、翔太が遥を殺して「明日」が来るのならそれでいいと、私は思った。

高広は乱暴者だけど、女子には優しいし、自分より弱い人に暴力を振るった事はない。

だけど翔太は、友達だと思っていたのに、私達を見下していたのだ。

健司と高広が、翔太に仕返しをしたから、私が殴る事はなかったけれど。

それ以上の事を、翔太がしなければならないと考えたら、それでも良かった。

昼休みに翔太は遥を殺す。そうすれば、私達は助かるのだから。

昼休みになり、私達五人は教室の後ろで、翔太の行動を観察していた。

まだ十三時にはならないから、遥が私達に「カラダ探し」を頼みに来るには時間がある。それまでに遥を殺せば、本当に「明日」が来るかもしれない。そう期待しているのに、翔太はガタガタと震えているだけで、動こうとしない。

「あいつ……もしかしてやらないつもりじゃないだろうな？」

壁にもたれて、退屈そうに翔太を見ている高広が言った。

「やらないかもね……だってさ、遥に声をかけたいと思う？　私は嫌だけど」

留美子の言う事に同感。あんな不気味な遥に声をかけるなんて、私にはできない。近づくのも嫌なのに。

「おいコラ！　翔太ぁ！」

高広のその言葉にビクッと反応して、決心したかのように翔太が立ち上がり、そして遥に歩み寄り、何かを話した後、ふたりは教室を出ていく。

どこに行ったのか、どうやって殺すのか、興味はあったけど、翔太が遥を殺してくれる事を、私は祈っていた。

「明日が来ないと思って、あいつ遥とヤるつもりじゃないだろうな？」

笑いながら高広は言うけど、笑えない冗談だった。

翔太と遥が教室を出て十五分が経った。

皆、最初は面白がって話をしていたけれど、時間が経つにつれ、罪悪感と不安が私達を悩ませる。

翔太ひとりに押し付けて、やってる事は、「昨日」翔太が理恵と健司にした事と同じなんじゃないかと。

「もうすぐ十三時だ……あいつ、逃げたんじゃねぇのか？」

イライラした様子で時計を気にする高広。

「玉なしなんだって……人に『赤い人』を押し付けて助かろうとするくらいなんだからさ。度胸《どきょう》なんてないよ、あいつは」

留美子は相変わらずみたいで、翔太の事をずっと悪く言っている。普段からあまり好きではなかったのだという事が、よくわかった。

そんな事を話していると……。

教室のドアを開けて、息を切らしながら翔太が入ってきた。涙を流して、その顔をくしゃくしゃにゆがめながら。遥を殺したのだという事が、その様子から読み取る事ができた。

「こ……殺した……これでいいんだろ」

嗚咽《おえつ》しながらそう言う翔太を、冷ややかな目で見つめる四人。

少し、かわいそうだと思ったのは……私だけなのだろうか？　そして、崩《くず》れ落ちるように高広の前に座る翔太。

でも……。

「ねえ、皆……私のカラダを探して」

それで絞殺《こうさつ》されたであろうロープを首にかけたまま、遥は私達の前に現れて、そう言ったのだ。

「テメェ！　嘘ついてんじゃねぇよ！」

放課後の教室、遥が生きていた事に腹を立てた高広が、翔太を殴りつけていた。

端《はた》から見れば、あまりに理不尽《りふじん》な行動。クラスメイトも、こちらに視線を向けてはいるものの、高広が騒いでいるからなのか、誰も止めに入る様子はない。

「本当に……本当に殺したんだって！　見ただろ……あの首！」

翔太の言う通り、確かにあの時、遥の首にはロープで絞めた痕《あと》があった。

それにあの形相《ぎょうそう》は、演技や嘘なんかじゃないはず。

「高広、翔太は嘘をついてないと思う。きっと……あの遥は、本当の遥じゃないんだよ」

私がそう言うと、高広は殴るのをやめて振り返った。

納得できないと言った様子で、私に視線を向けているのがわかる。

「何でそんなのがわかるんだよ？　明日香、何か思い当たる事があんのか？」

「皆は気づいてないかもしれないけど、授業中に遥を見ると……身体は前を向いてるのに、頭だけが回って私を見るんだよ」

誰も気づかなかったという様子で顔を見合わせる。

それはそうだろう。同じ日が何度も繰り返されているのだから、授業もまともに受けているはずがない。

それに、遥の髪を分けて見ていたあの目……その事は、何だか怖くて言えなかった。

結局、遥を殺すまでした翔太は許してもらえずに、私達は学校を出る事に。

「昨日」みたいに、渡り廊下から遥に見られていたら怖いから……私は振り返らずに校門を出る。

途中で理恵達と別れて、家が近い高広と一緒に歩いて帰る事になった。

「ねぇ高広、遥の右腕ってどこにあったの？　校長室の中だって言ってたけど」

私の少し前を歩く高広に、そんな疑問をぶつけてみる。

まさか、飾ってあるトロフィーと一緒に置かれていたとは思えない。

「右腕か？　あれは、校長の机の中にあったんだ。鍵のかかった引き出しの中にな」

「鍵がかかってたんだ……高広は、それを壊したんでしょ？」

私がたずねると、「壊して悪いか」という様子で、悪びれもせずに私を見た。

「でもよ、それっておかしくねぇか？　教室とか金庫とか、いつもなら鍵がかかっている所は開いたのにさ、そこだけ鍵がかかってたから、俺はおかしいと思ったんだよ」

高広の言う通り、どの教室にも鍵はかかっていなかった。

まだ全部の教室を見たわけじゃないけれど、その話が本当なら、大きなヒントになるはず。

「つまり、『カラダ』が隠してある場所には、鍵がかかってるって事?」

「まあ、全部がそうだとは限らねぇけどな」

それに気づいたから、今日の高広と留美子は、どこか余裕があるように見えたのか。

そう考えると、何だか私も少し気が楽になった。


その後、結局0時には学校に呼び寄せられるという事で、私は高広を家に呼んだ。

聞けば高広の両親は、今日はふたりとも夜勤だから家にはいないらしい。どうせ家に帰っても、0時には学校で寝ているのだから、私が付いていても問題はないはずだ。

でも、当の高広はと言うと……落ち着かないのか、私の部屋でそわそわしている。

「何緊張してるのよ。昔は、よく遊びに来てたじゃない」

ベッドに腰かけて、床に座っている高広に缶ジュースを渡した。

「お前……昔って、小学生の頃の話だろ」

そう言って、ジュースを口にする。

こんなに挙動不審《きょどうふしん》な高広は、学校では見る事ができない。

そう思うと、なんだかおかしくて、私はフフッと笑った。

「そういえばよ、『カラダ探し』が終わったらどうなるんだ? 俺達はもうやらなくて済むとしてよ。遥は？　生き返るのか？　俺は『カラダ探し』の話なんて知らなかったから、終わった時にどうなるのか知らねぇんだ」

そういえば、私もその話は知らないし、そんな事を考えた事がなかった。

「もしかしてよぉ。カラダを全部集めた時に、誰か死んでたら、生き返らずに、そのまま朝になるんじゃねぇのか？」

どうなるかなんて、考えた事がない私にとっては、高広が適当に言ったものだとしても、その言葉の通りになるのではないかと不安になった。

よく考えてみれば、噂話なんてもののほとんどが、取ってつけられたようなものばかりで、結末は「殺される」「連れ去られる」といった子供だましのような内容だけど、今はそれがとても怖い。

そんな話をしながら、私達は時間を潰した。

今日は「昨日」とは違い、高広も一緒に夕食をとって、私はお風呂に入ってから部屋に戻った。いつもなら、パジャマを着ているけれど、今日は、高広がいるから制服のままで。

部屋を物色されてないといいけれど……なんて、高広に限ってそれはないかな？

そんな事を思いながら、ドアを開けた。

「あ……あれ？」

部屋に入ると高広は、私のベッドの上で、大の字になって寝ていたのだ。

これじゃあ……いつもの高広と同じじゃない！

ヒントを得て、余裕が生まれた私でも、ここまで図太く人のベッドで寝るなんてできない。ましてや、異性のベッドで寝るなんて。

「高広！　何で寝てるのよ！」

その図太さに腹が立って……私はその頭を叩いた。

「うおっ!!　何だ？　って……明日香じゃん。まだ時間じゃねぇんだろ？　だったら寝かせろよ」

「それ、私のベッドなんだけど!!　てか、勝手に寝ないでよね！」

図太いのも、ここまで来ると立派としか言いようがない。

「うるせぇな……わかったよ！　起きればいいんだろ」

そこまで言って、ようやく起き上がった高広。

「で？　今日はどういう作戦で行くの？『カラダ探し』」

翔太があれじゃあ、作戦なんてとても立てられないだろうけど……。

私がたずねると、高広は当たり前のように答えた。

「そんなの、翔太に『赤い人』を引き付けさせてる間に探せばいいだろ」

翔太が囮《おとり》になっている間に、私達がカラダを探すって事？

確かに翔太は、理恵と健司を自分の身代わりにしたけど、それはあまりにもかわいそうなんじゃないかな。

私も「赤い人」に追いかけられたからわかる。

あの恐怖と不安は、まともに走る事さえさせてくれない……死そのものが追いかけてくるようなものなのに、翔太に逃げ続けさせるというのは無理がある。

「でも、それじゃあ、翔太がふたりにした事と同じじゃない……それに、遥を殺させようとしたし、高広もあれだけ殴ったんだから、もういいんじゃないの？　許しても」

「明日香がそう言うなら俺は別にいいんだぜ？　でも、許すか許さないかを決めるのは俺じゃねぇだろ？　健司と理恵が許すって言ったら、許してもいいんじゃねぇの？」

それはそうかもしれない。いくら私や高広が許したところで、ふたりが許さなければ意味がないのだから。

「後ひとつ、俺は気づいた事があってな」

まだ気づいてた事があったの？　早く言ってくれればいいのに。

「明日香のベッド……いい匂いがするな。気持ち良くてすぐに眠れる」

「何言ってんのよ！　バカ!!」

そんな話をしていた時だった。

ピピッ。

時計の電子音が鳴った。

いつの間にか目を閉じていた私は、催眠術《さいみんじゅつ》が解《と》けたかのように、ハッと目を開けると、いつものように目の前には学校の玄関。

いつもと違うのは、高広がやる気満々で立っているという事と、皆から視線をそらしている翔太の姿があるという事。

「あれ？　高広、今日は珍しく寝てないじゃん」

留美子が不思議そうに、かすかな笑みを浮かべて、高広に近づいた。

「おぅ！　明日香が寝かせてくれなかったからな！」

「え！　マジ？　あんたら、そういう関係だったの？」

なんだかいやらしい目付きで私を見る留美子。

「そんなわけないじゃん……高広の親が夜勤でいないから、御飯を食べさせてあげただけだよ。それに、起こさないと、また大の字で寝るでしょ」

高広に教えてもらったヒントのおかげか、今日はこんな話ができるくらい余裕がある。

私はそのヒントを皆に教えて、話が終わった後……高広が、健司と理恵を見て呟いた。

「お前ら、翔太をまだ許せないか？」

当然だと言わんばかりにうなずくふたり。そして、高広が例の提案を持ちかけると、ふたりはまたうなずいた。

「おい、翔太！　健司と理恵が許してくれるってよ！」

その言葉に、驚いたようにこちらを振り返る翔太。

「ほ……本当か？」

今にも泣き出しそうな表情で、私達に歩み寄る。

「ただし条件がある！　今回の『カラダ探し』では、お前が『赤い人』を引き付けろ！　死ぬまで逃げる事が条件だ！」

一瞬……うれしそうにした翔太の顔が一転、がく然とした表情に変わった。

「死んでも、『昨日』になったら生き返るんだろ？　お前が言ってた事だぞ」

健司がそう言ったと同時に、玄関のドアが開いた。

「じゃあ、校内放送が流れて『赤い人』のいる場所がわかったら、お前はそこへ行けよ。『赤い人』を引き付けて、二階の廊下を逃げ続けろ。それまでは一緒にいる事を許可してやる」

高広のその言い方に、きっと翔太は、心中穏やかではないはずだ。

恐怖……不安……怒り……。一体どんな感情に支配されているのかはわからない。

それでも、健司と理恵が許さない限り、全員で協力してカラダを探す事なんて不可能なのだから。

私達は、高広を先頭に玄関に入った。

相変わらず冷たい空気が張り詰めた校舎内。何度来ても、この空気だけは慣れない。

「『昨日』言ってた棺桶は、そこのホールに置いてあるんだぜ」

そう言い、指差してみせる高広。

玄関からは、自動販売機の裏側しか見えないホール。廊下より一段高くなっているそこに向かうと、確かにその中心には、棺桶が置かれていたのだ。

私達がそれに近づいて、見たものは……。

「うわ、これって……もしかして遥の形になってるの？」

理恵が言うように棺桶の中には、人の型を取ったような空間があって、その人型の右腕の部分には、高広が『昨日』見つけたという右腕が納められていたのだ。

棺桶の中の右腕は、まるで最初からそこにあったかのように違和感なく、ごく自然にピタリと型に納まっている。

私には、逆にそれが不自然に思えて……相反するその思いが頭の中をグルグル回って、不快感を覚えた。

「何だろ……この感覚」

気づいたら、そう口に出していた私の顔を、理恵が心配そうにのぞき込む。

「明日香、大丈夫？　これを見て、気持ち悪くなったの？」

普段なら、絶対に見る事のない光景が目の前にあるのだから、そう思うのは普通だろう。

「大丈夫だよ……そんな事言ったところで、休める状況じゃないしね」

皆もそれはわかっているはずだ。

「赤い人」がいる限り、ゆっくりなんてしていられないのだから。

「私より、健司はどうなの？　気分悪くなった？　顔色が悪いみたいだけど」

携帯電話の光でわずかに見えただけの健司の顔色は、昼間に見たよりも青白く、まるで老け込んだ中年男性のように見えた。

「ああ、時々めまいはするけど大丈夫だ。こんな事をさせられてるんだから、体調もおかしくなる」

それならいいんだけど。私は少し心配しながらも、高広に目を向けた。

「とりあえず、物が多くて探しにくそうな理科室とか実習室を皆で……」

そう、高広が話している時だった。

『「赤い人」が、西棟一階に現れました。皆さん気を付けてください』

校内放送が流れた。

それを聞いて翔太の呼吸が荒くなり、今からやらなければならない事の恐怖からか、汗が額ににじみ始めている。

「翔太、ほら……早く行けよ」

ニヤリと笑いながら、健司が呟いた。

「くそぉぉぉぉっ!! 出て来い化け物!! 俺はここにいるぞぉ!」

半ばヤケクソ気味に、西棟へと駆け出した翔太。あれだけ目立つ行動を取れば、「赤い人」も翔太を見つけて、追いかけるはず。

「じゃ、俺達は東棟から行くか。翔太が引き付けてくれるだろ。その間に理科室の中でも調べるぞ」

そう言った高広の後に続き、東棟経由で生産棟の一階へと向かう。

いつも冷静で、皆に頼られていた翔太が、あんなに叫んでいる。自分で蒔《ま》いた種だとはいえ、やっぱりかわいそうだ。

「ねぇ、理恵も健司も、今日の『カラダ探し』が終わったら、翔太を許すんだよね? なんか、見ててかわいそうだよ」

私のその言葉にうなずいたのは理恵。

怒ってはいたけれど、翔太の姿を見たら哀《あわ》れに思った……そんな所だろう。

「俺も別にいいけど」

健司もそう言ってくれたから、なんだか少し安心した。

東棟一階にある事務室、職員玄関の前を北側に曲がる。そのまま五人で北側のドアまで歩いて……私は二つ気づいた事がある。

ひとつは、目の前の高広。

東棟から生産棟に行くには、一度外に出なければならないのだけれど。

「くそっ！　ここも開かねぇ……外には出れねぇみたいだな……」

扉を蹴飛ばして、高広がそう言った。

玄関から出られないのだから、他の場所からも出られないのは予想できたはずなのに、初日の事だったからすっかり忘れていた。

「仕方ないよ、二階から行くしかないよね」

留美子はそう言うけれど、二つ目が問題だった。

「待って、翔太の声が聞こえない。きっと、今頃二階の廊下を走ってるよ」

そう、一階から行けないとなると、生産棟に行くには二階の渡り廊下から行くしかない。

だけど、その二階には翔太と「赤い人」がいるのだ。

「ちょっと！　それじゃあどうするのよ！　上に行ったら『赤い人』を見るかもしれ

ないんでしょ!?　なら、こっち側の一階しか調べられないって事じゃないの!?」

　せっかく翔太が囮になってくれているのに、こちら側だと校長室以外は、事務室、保健室、会議室、職員室と各教室。生産棟にある部屋と比べれば、部屋数は圧倒的に少ない。

　翔太の事を考えると、カラダのひとつも見つけたいと、そう思っていた時だった。

「じゃあ、翔太と『赤い人』が廊下を走った後に階段を上がって、生産棟まで走る。生産棟に入ったら、すぐにある階段を下りればいいだろ?」

「ちょっと高広、それ本気なの!?　失敗したら……こっちに来るかもしれないんだよ!?」

　留美子の言う通りだ。そんな危険な賭《か》けをするくらいなら、こちら側の教室を調べた方が良い。

　たとえ、カラダを見つけられなくても、調べ終わった部屋の数を増やせば、その後が楽になるのに。

「翔太が約束通りにやってんだ。俺も言った事は実行する」

　こんな状況なのに、どうしてそんなに意地を張るのか……私にはわからなかった。

「そんなのに付き合ってられないっての!　私はこっち側を調べるから!　行きたいやつだけ行けば!?」

そう言って、留美子は事務室の方に歩いていった。

どうして……こんな時まで皆バラバラなんだろう。協力して、カラダを探さないといけないんじゃないの？

「明日香、お前はどうするんだ？」

そう言われても……私は、留美子をひとりにしておく事なんてできなかった。

高広達と別れた後、留美子とふたりで事務室の中を調べる事に。私が来て、留美子も内心ホッとしたのだろう。さっきまでの刺々《とげとげ》しさはなく、ずっと私に話しかけている。

「……でさ、なんで私達がそんな危険な真似しなきゃいけないわけ？　理恵もさ、あいつらに付き合わなくても良かったのにさ」

さっきの作戦がよほど気に入らなかったのか、同じ事を何度も繰り返しているよ。

「理恵は……翔太にひどい事をしたって思ってるんだよ。だから、その罪悪感があったんじゃないかな？」

なんて、私が思ってるだけで、理恵の本心なんてわからない。

もしかしたら、男子がふたりいる方が心強いと思ったという可能性もある。

「まあ……翔太は自業自得《じごうじとく》じゃない？　また『昨日』に戻ったら、喧嘩《けんか》は終わり。でしょ？」

留美子が言うように、本当にそうなればいいけれど……。

机、棚、長椅子の下、ロッカー。部屋中、どこを探してもカラダの一部はなく、ふたりで溜め息をついた。

「ここじゃないみたいだね。すぐそこの校長室に右腕があったから、やっぱりこっちの棟にはないのかな？」

「高広に、どの部屋を調べたか、きいておけばよかったね。ちなみに留美子は、どの教室を……」

と、そこまで言い、留美子の顔を見た時……。

『「赤い人」が、生産棟一階に現れました。皆さん気を付けてください』

「ちょっと……生産棟一階って……あいつらがいるんじゃないの⁉　翔太はどうしたのよ⁉」

留美子はそう言うけど、理由はわかっているはず。翔太は、きっと死んだのだ。

「翔太は……たぶん、死んだんじゃないかな」

そう、口に出すのも嫌な言葉。

「カラダ探し」では、死んでも死なない。「昨日」に戻れば、皆生き返る。

それはわかってる。わかってるけど……私は怖くて。心臓が破裂しそうなほどの不安と息苦しさに、胸を押さえてその場にかがんだ。

「ちょっと……明日香？　大丈夫⁉　いきなりどうしたのよ！」

心配した留美子が、私の背中をさすってくれるけど、それでも不安は消えなくて。

どうしてこんな事になったんだろうと、幾度《いくど》となく考えた言葉で頭の中がいっぱいになった。

高広にもらったヒントで余裕が生まれた？　それでカラダが見つかるだなんて、私は何て甘い事を考えていたんだろう。

私は、それを思い知らされた。

「明日香、ねぇ……明日香！　誰か来る！」

身をかがめて、事務室のカウンター越しに、廊下の様子をうかがう留美子。


ペタ……。

ペタ……。

その音は、階段の方から聞こえてくる。

慌てて頭を下げる留美子。

「明日香ごめん、『赤い人』見たかもしれない」

私と同じようにかがんで、自分の身体を抱くようにして震えている。

「そ、そこにいるの？」

「うん、真っ赤な手が見えた」

留美子が「赤い人」の姿を見たという事は、もう振り返る事ができないという事だ。

でも、留美子が見たのは本当に「赤い人」なのだろうか？

私が見た「赤い人」は歌を唄っていた。良くわからない……でも、不気味な歌。

その歌が聞こえない。だとすると、他の誰かなのかもしれない。

カウンターに背を向けてかがんでいた私は、ゆっくりと身体の向きを変えて、カウンターごしに廊下の様子をうかがった。

「明日香、何してるの！」

留美子が出したその声に、階段から、玄関に向かって歩いていた人物がこちらに顔を向けたのだ。

「ひっ!!」

その形相に声を上げた私は、一瞬それが誰かわからなかった。

そして……。

ドンッ!と、カウンターを叩き、私達を見ていたのは……上半身が血まみれになった翔太だった。

「お、お前ら、何でこんな所にいるんだよ!! 俺を囮にして……理科室でも実習室でもないだろ! ここは!!」

半狂乱《はんきょうらん》でカウンターをバンバンと叩く翔太の姿に、私は恐怖を覚えた。

どうして翔太がここにいるの? 「赤い人」に殺されたんじゃないの!?

「あ、あんたこそ! 何でこんな所にいるのよ! 三人は生産棟に向かったのに!! あんた……まさか、また!?」

赤い手の正体が翔太だとわかった留美子が、カウンター越しに問いつめる。

「ち、違う! 逃げてたら……いつの間にかいなくなってたんだよ!! 嘘じゃない!」

「じゃあ、あんたのその血は何なのよ!! 一体誰の血だって言うのよ!」

「『赤い人』にしがみ付かれたんだよ!! 何度も何度も!! 靴まで取られた……」

顔をくしゃくしゃにゆがめて、必死に訴える翔太。

でも、もしもその話が本当だとすると、「赤い人」はどうして生産棟に現れたのだろう? どうして、翔太を追いかける事をやめたのだろう?

何か……この後に、もっと悪い事が起こるような、そんな胸騒ぎがした。

「とにかく! あんたは私達と一緒にいないで! 早くどこかに行ってくれない!?」

それだけを聞くと、無慈悲《むじひ》な言葉に聞こえるけど……留美子の意見には私も賛成だ。

「なんでだよ!? 俺にまだ『赤い人』を押し付ける気か!? 頼むから、ひとりにしないでくれよ……もう嫌だよ」

数日前までの、冷静な翔太の姿じゃない。憔悴《しょうすい》し切ったその顔は、同級生とは思えないくらい老けて見える。そんな翔太の懇願《こんがん》を、留美子はあっさりと断ったのだ。

「だって、あんたが振り返ると『赤い人』が来るじゃない！　そうなったら、見てない私達まで『赤い人』を見る事になるでしょ!!　だから、いてほしくないの！」

そう、留美子が言う通り、翔太が振り返れば、今は生産棟にいるはずの「赤い人」は瞬時《しゅんじ》にここに移動する。

私が「昨日」、西棟の三階に隠れていた時……「赤い人」が突然消えたように。

だとすると、なぜ翔太を追いかけていた「赤い人」が、突然生産棟に移動したのか。

「もしかして、誰か……振り返ったんじゃない？『赤い人』を見たのに」

そう考えれば、理解する事はできた。

「ちょっと待ってよ、それじゃあ、三人で行ったあいつらは……」

その可能性を考えていなかったのだろうか？

留美子は驚いたように私の顔を見た。

でも、その表情は、心配や不安といったものではなく、口角《こうかく》が少し上向きで、笑っているようにも見えた。

「だから言ったじゃん。私は言ったよね!?　やめろって!　だったらあいつらも自業自得じゃん!」

笑っているように見えたわけじゃない。留美子は、本当に笑っていたのだ。人が死んだかもしれないのに……。

「なんだ、あいつらが死んだのか!?　こりゃいいや!　人に引き付けろって言っておいて……自分が死んでりゃ世話ないよな!」

留美子も、翔太も、どうしてこんな時に笑えるんだろう。

自分の思い通りにならなかったから?　そんな事で、人の死を笑えるなんて。

「カラダ探し」では、死んでも死ねない。それが当たり前になって、感覚が麻痺《まひ》してしまっているのではないかと、ふたりを見て、私は思わずにはいられなかった。

「翔太!　あんたがなんで笑ってんの?　早く行ってって言ったでしょ!?」

そして喧嘩。

「赤い人」も怖いけど、友達をこんなにも簡単に切り捨てられるふたりの方が、私は怖かった。

留美子にさんざん文句を言われた後、翔太は笑いながら西棟の方へと向かって歩いていった。

これで、結果はどうあれ、翔太への貸しは無くなったという事かな。

「やっと行ったね、あいつ。西棟でうっかり振り返ってくれないかな？　死ねばいいのに、あんなやつ」

私は、留美子の事がわからなくなってきた。

確かに、普段からこんな事は言っていたけど、今は状況が違う。本当に人が死んでいるのだから、その言葉は使うべきではないと思う。でも、それを口に出す事はできなかった。

今は皆、心がバラバラになっている。きっと、「昨日」に戻れば、今度は三人の内の、振り返った人がターゲットにされて責められる。三人で決めて、行ったはずなのに。

でも、私はそれが怖いんじゃない……私がターゲットにされるのが怖い。

「じゃあ、隣の会議室行こうか。ここにいても仕方ないし」

だから、留美子の後に付いていくしかなかった。

「カラダ探し」は、バラバラにされたカラダを集めなきゃならないのに……私達の心がバラバラになっていく。

留美子と私は事務室を出て、隣の会議室に入った。そして、ゆっくりとドアを閉めて室内を見回した時。

『「赤い人」が、東棟一階に現れました。皆さん気を付けてください』

よりによって、私達のいる東棟に、「赤い人」が現れた。

「何でここなのよ、生産棟にいるんじゃないの!?」

留美子が言うように、生産棟に「赤い人」はいたはず。

そうなると、少なくて三人の内のふたりは犠牲《ぎせい》になった事になる。

振り向いた人がまず殺されて、それを見たふたりのどちらかが、追いかけられて殺された。最悪、三人とも殺されたという可能性もある。

「あ〜かい　ふ〜くをくださいな〜し〜ろい　ふ〜くもあかくする〜まっかにまっかにそめあげて〜お顔もお手てもまっかっか〜」

あの不気味な歌が……廊下から聞こえる。

その瞬間手を止めて、私は留美子の手を取り、ドアにもたれるようにしてかがんだ。

この会議室のドアの横は、すりガラスの窓になっている。

もしも、「赤い人」をすりガラス越しに見たとして、それでも振り返ってはならないとしたら?

「赤い人」が会議室の前を通れば、私は気になって見てしまうから、それならあえて見ないようにしてドアに背を向ける。

私と留美子は、ガタガタと震えながらも、お互いの手を握り締めていた。

ひとりでいるよりも、ふたりでいた方が安心できるから。

「留美子、ここでやり過ごそう……」

そして……ペタペタという足音が、ドアの前に差しかかった。

「髪の毛も足もまっかっか～どうしてどうしてあかくする～どうしてどうしてあかくなる～お手てをちぎってあかくする～」

「赤い人」の歌が……ドアの向こう側から聞こえる。

どうして……どうしてドアの前から声が移動しないの!?

ここに私達がいる事がわかってるの!?

でも……それなら、「昨日」私は、三階の教室で見つかっていたはず。

だったら、偶然「赤い人」が入ろうとしたこの会議室に、私達が偶然入ってしまったと言うの!?

もしかして、今の私達の会話を聞かれたのかもしれない。

空気が重くて……息ができない。私達の心臓の鼓動《こどう》が、ドアを伝って外に聞こえるんじゃないかというほど、激しく動いている。

私の身体中を刺すような空気の中、突然歌が聞こえなくなった。

どこか、他の所に移動したのだろうか？

でも、ペタペタという足音は聞こえなかった……きっとまだ、このドアの向こう側に「赤い人」がいる。

私は足音が聞こえてこない事に気づいているけど……留美子はどうだろう？　もしも、こんな時に声を出したら「赤い人」は、絶対にそれに気づく。

「もう……行ったかな？」

留美子がそうささやいた瞬間。ドアノブが、ガチャガチャと音を立てた。

ドアノブがはげしく回されるけれど、私達がもたれているから、ドアが開く事はない。

軽く二度、背中をドアで押されるが、力を入れてそれに抵抗した。

すると……。

ガチャガチャ……。

ガチャガチャ……。

ガチャ……。

ドアノブが壊れてしまいそうなほど激しく、揺すられるように回され続ける音に、恐怖せずにはいられない。

「いやあああああっ！　やめて……やめてぇっ!!」

それに耐え切れなくなり、留美子が声を上げた。

その声が、「赤い人」に確信を持たせたのか……ドアノブの音が止まると、次は背中に感じる衝撃。

ドンッ！

ドンッ！

と、何度も何度も、ドアに体当たりをしているような。

「どうしよう!?　ねぇ、明日香！　どうしたらいい!?」

泣き叫ぶ留美子。そんなの、わかるわけがないじゃない！

見つからないようにと、ドアにもたれていたのが裏目に出た。

このまま、もしも「赤い人」が強引に入って来た場合、私達は必ず振り返らなければならなくなってしまったから。

私が考えられるそれを避ける方法は、ひとつしかなかった。

「い、いい、留美子。せーのでドアから離れて振り返るよ！」

「そ、それ本気!?　そんな事したら、『赤い人』見ちゃうじゃん！」

「このままじゃあ、結局『赤い人』を見る事になるんだよ!?　そうなったら振り返る事ができないんだから、ドアの方を向いてた方がいいでしょ!?」

私の考えに、留美子も納得したようで、小さく何度もうなずく。

「そう……だね。じゃあ、私が合図する。いい？」

今度は、私が留美子にうなずいて、呼吸を整えた。

「行くよ……せー……」

留美子が言おうとしたその瞬間。


ガシャン！


と、ドアの隣のすりガラスが割られたのだ。

「きゃあああああっ!!」

思わず身をすくませて叫ぶ私と留美子。

その恐怖から、四つんばいでドアから離れて……そして振り返った。

すると……窓の右下の隅、すりガラスが割れた部分から、私達をのぞく、赤い顔がそこにはあったのだ。

窓を割る時に刺さったのだろう。「赤い人」の右腕を飾るように刺さるガラスの破片が、不気味さを強調して……。

私達を見て、「赤い人」は笑った。

窓を割った腕を引っ込めて、「赤い人」がドアを開けて会議室に入って来る。

血塗れの少女が、真っ赤に染まったウサギのぬいぐるみの足を引きずって、ジリジリと、私達を壁際に追いつめるように……「赤い人」が私達に迫る。

「あ、明日香……この後どうするの？」

どうすると言われても、逃げるしかない。

会議室とはいえ、教室の半分くらいの広さしかないこの部屋で、できる事なんて限られてる。部屋の真ん中に置かれている、横長の机を回って、入り口から出るしかない。

「留美子！　こっち！」

そう言って私は留美子の手を取り、「赤い人」とは机を挟んで、反対側にあるスペースを通って入り口へと走った。

しかし、「赤い人」が机に飛び乗り、私達の逃走の邪魔をしたのだ。

これじゃあ、「昨日」と同じじゃない！　いや、今日は留美子がいる……だったら、

「赤い人」が机から降りる前に！

「机を倒して！」

私は叫んだ。

そして、留美子と一緒に「赤い人」が乗った机をひっくり返す。

バランスを崩した「赤い人」が、机と一緒に床に倒れたのを見て、私達は会議室から逃げ出した。

その会議室から……。


「アアアアアアアアアアアアアアアアアアアアアアッ!!」


という、低く不気味な叫び声が聞こえてきた。

もしかして私達は、「赤い人」を怒らせてしまったのだろうか？　留美子と逃げながら……不安になった。

「こ、この後どうすんのよ！　何か考えがあるの!?」

「に、逃げるので精一杯だよ！　二階に行こう！　二階なら、全部の棟につながってるし、行き止まりもないから！」

走るだけでも疲れるのに、説明までしなきゃいけない……。

「昨日」みたいに、膝が笑うとか、足が震えるとか言ってる場合じゃない！

今、残っている全員が、すでに「赤い人」を見ている。誰もカラダを見つけていないこの状況で、全員が振り返る事ができない。逃げ回るには、二階に行くしか方法がないのだ。「赤い人」が諦めてくれるまでは。

そもそも、諦めるのかどうかもわからないけれど、翔太のあの様子を見る限り、それは期待できない。だったら、死にたくなければ逃げる以外にない。

「二階に行っても、逃げ回ってるだけじゃ、いつか殺されちゃうじゃん！　それなら二階で分かれようよ！」

留美子のその提案に乗るしかなかった。どちらかが追いかけられれば、どちらかはカラダを探す事ができるから。

「わかった、じゃあ……私は生産棟の方に行くから！」

「恨みっこなしだからね！　どっちを追いかけてきても！」

二階に着いて、私は、留美子とは反対の生産棟へと走った。

渡り廊下を通り、生産棟の階段を下りて理科室へと向かう。

もしかすると、三人の死体があるかもしれない。それも、元が誰かもわからないくらい、ぐちゃぐちゃになっているかもしれない。

それでも、死体の数が二人分なら、ひとりは生きているという証明になるのだから、怖くても、確認に行くしかなかった。

「赤い人」が私の後を追ってきている様子はない。

と、なると、留美子の方に行った可能性が高い。低い可能性を考えれば……東棟に入った私達と「赤い人」を見た翔太が、驚いて振り返ったという可能性もある。

初日の事を思い返せば「赤い人」がいる場所で振り返った場合、校内放送は流れないのだ。

そんな事を考えながら、理科室がある廊下の角を曲がった時だった。

廊下の床から壁までを染める真っ赤な血。そして引きちぎられた肉片の塊が、所々床に落ちているのが、私の目に飛び込んできた。

「こ……これ……理恵？」

誰だか判別できないこの肉片で、理恵だと判断できたのは……肉片の中にある、制服のスカートの生地。

三人の中で、それをはいているのはひとりしかいないのだから。

昨日に続いて二度目の理恵の死体……生き残れば、それだけ多くの死体を見る可能性が高くなるという事。

胃から逆流しそうになる熱いモノを、なんとかこらえて、廊下の先を見た私が見たものは……。

理恵のモノではない、スカートをはいた状態で床に落ちている下半身。遥のカラダの一部と思われるモノが、そこにはあったのだ。

その遥のモノと思われる下半身。太股《ふともも》と、へその辺りできれいに切断されたそれに、引き寄せられるように……理恵の残骸《ざんがい》の中を歩き、そのカラダの前に立った。

その場にかがみ、そっと手を当ててみると、少し温かい。

それに、切断されているのに臓器も血も、まるで固定されているかのように、切断面からは飛び出してこない。でも、カラダは柔らかくて不思議な気持ちになる。

これが遥のカラダだと確信した私は、それを抱え上げた。

人の身体って、こんなに重いんだと、率直な感想はそれだった。

ここに来て良かった。もしも、私がここに来る事を選ばなければ、カラダは放置されたままになっていたはず。

そして、それは確実に争いの原因になる。

私は、遥のカラダを持って、玄関前のホールへと向かった。

私が予想した、翔太を追いかけていた「赤い人」がいなくなった理由は当たっていた。

詳しい話は「昨日」になったらきくとして、このカラダを運べるかどうか。

もしも、途中で「赤い人」に遭遇したらと考えると不安になる。

ヒッ
私がこれを絶対に運ばなきゃ……!!!

振り返ってはいけない、何があっても振り返らずに、棺桶に納めないといけない。

遥の下半身……いや、腰の部分を持ち、私は玄関前のホールへと急いだ。

最短ルートは、この廊下の突き当たりを南側に曲がって、東棟の方へ向かう。そして一度、階段を上がって、二階から渡り廊下を通って東棟に入って階段を下りる。

つまり、高広達が通ったルートの逆を行く事になる。

生産棟の階段まで来たけど……もう、今の時点でかなり疲れているのに、遥のカラダを持ちながら階段を上がるのか。

でも、この階段さえ上がってしまえば、後は渡り廊下と下りる階段だけ。

「もう！　何キロあるのよ、これ！」

腕とか脚なら、肩に担《かつ》げるけれど、部分が部分なだけに、それもできない。

何とか階段を上り切り、次は東棟へと続く渡り廊下を走った。

もう少しで、棺桶に納める事ができる。

そう思った時だった。

「いやあああああっ！」

叫び声を上げながら、東棟の奥から、留美子が走って来たのだ。

もうすぐだっていうのに……こんな所で死ねない！

「留美子!!　見つけたよ、カラダ!!　ホールに行こう！」

私も叫んで、再び走り出した。その声にうなずいて、階段を下りる留美子。

その後ろから追いかけてくる「赤い人」の形相《ぎょうそう》は……笑っていた少女とはかけ離れた、鬼のような物だった。

「何……何なの!?　あれ！」

すっかり様子が変わった「赤い人」に恐怖を感じた私は、慌てて留美子の後に続いて、階段を下りた。踊り場に着き、さらに階段を下りる。そして一階にたどり着いた時……。

ドンッ!!と、背中に衝撃が走って、私はよろめいて倒れてしまった。気づいた時には、私の身体に赤い手と、赤いぬいぐるみが回されていたのだ。

まだ距離があったはずなのに、赤い人は階段から飛び下りたの!?

「あ～かい　ふ～くをくださいな～し～ろい　ふ～くもあかくする～まっかにまっかにそめあげて～お顔もお手てもまっかっか～」

私が倒れている間にも、「赤い人」の歌が唄われている。

でも、まだ私は死んでいない……。

そうだ、メールにも書いてあった。しがみつかれて、唄い終わると殺される。逆を言えば、唄い終わるまでは殺されない。翔太も言っていた、「何度もしがみつかれた」って。

「髪の毛も足もまっかっか〜」

こうしている間にも、歌は唄われる。

私は、重い身体をなんとか起こして、ホールへと向かった。大きなぬいぐるみが、歩くにも邪魔になる。

「どうしてどうしてあかくする〜どうしてどうしてあかくなる〜」

背中でささやくように唄われる歌が、まるで呪いのように、私の頭の中に入ってくる。それでも、できる限り急いで、もうすぐホールに着くという所まで来た。

「お手てをちぎってあかくする〜からだをちぎってあかくなる〜あしをちぎってもあかくなる〜」

そして、ホールに足を踏み入れ、棺桶に近寄り、私は遥のカラダの向きを確認する。

「あかがつまったそのせなか〜わたしはつかんであかをだす〜まっかなふくになりたいな〜」

私が、カラダを棺桶に納めた瞬間……。

「赤い人」の歌が終わった。

「留美子！　逃げて!!」

棺桶のそばにいた留美子に向かって叫んだ私は……。

「赤い人」の腕で締めつけられ、そのまま胴体《どうたい》を切断されて、床に崩れ落ちた。

「昨日」踊り場で見た理恵のように……。

私は自分の下半身の上で息を引き取った。

四日目

もう、何日目の「昨日」だろう……。

昨夜は、何とか遥のカラダを棺桶に納める事ができたけれど、学校に行く事が、日に日に嫌になっていく。

だったら、行かないという選択肢もあるけど、情報交換も必要だし、何よりも皆が喧嘩をしないか心配だ。

「はぁ……気が重いなあ。身体も痛いし」

昨夜の、死ぬ間際の痛みはひどかった。

息をしようとしてもできないし、意識が無くなるまでの間、激痛に苦しんだ。

いっそ……ショック死した方が楽だったのに。あの空間では、それすらさせてくれないのだろう。

そんな事を考えながら、私はゆっくりと目を開けた。

見慣れた天井に、見慣れた部屋。そして、いつも通りの「昨日」の朝。

後、何回この朝を繰り返せば、私達は明日を迎える事ができるのだろう。

ベッドから脚を下ろして、学校に行く準備をするために立ち上がった。

机の上の充電器に置かれた携帯電話。ここから取るのも、もう飽きた。

だって、考えてみれば、日中に入ってくるメールや、かかってくる電話の内容は知っているし、バッテリー残量が無くなったとしても、朝が来ればここに置かれているのだから。

そんな事を考えながら、私はパジャマを脱いだ。

「明日香、おはよ」

通学路の途中で、私を待っていた留美子が声をかけてきた。

昨夜、カラダを何とか納めたものの、その後、近くにいた留美子が、「赤い人」に追いかけられただろうと思うと、少し申し訳ない。

「あ……留美子、おはよう。『昨日』はごめんね」

「何言ってんの？　明日香がカラダを見つけたから、後六つじゃん。追いかけられて死ぬだけより全然マシだよ」

そう言ってもらえると私の気持ちも楽になる。

でも、見つけたのは私じゃない。

「あれね……私が見つけたんじゃないの。あの三人が見つけて、でも、運ぶまでに死んじゃって。廊下にあったのを、私が運んだだけ」

「ふーん、そうなんだ。でも、結局は明日香がいなきゃ、運ぶ事ができなかったんでしょ？　『赤い人』を引きつけた私とのコンビプレーだね」

私の肩をポンッと叩き、笑顔を向けてくれる留美子。

良かった、留美子とは喧嘩にならなくて。こんな感じで、皆仲良くできたら、「カラダ探し」も少しは余裕を持てるのに。

留美子と話をしながら学校に向かっていると、通学路の先の方で、理恵が壁にもたれて立っていた。

「あ、明日香、留美子、おはよう」

少し伏《ふ》し目がちに私達に声をかける理恵。「赤い人」に殺された事に、引け目を感じているのかな？

「理恵、あんた大変だったみたいだね『赤い人』がそっちに行ったでしょ」

「昨日」の夜、三人を笑っていた留美子も、理恵には毒づかないようで安心した。

「う、うん。でもさ、翔太も頑張ってたし、『赤い人』にずっと追いかけられてたんだから。少しかわいそうだったよね。翔太の方が大変だったと思うよ」

その事については、私は何も言えない。翔太が笑ってたなんて言えば、また仲が悪くなりそうだから。

でも……留美子は私とは違った。

「理恵！　あんた甘いよ！　生産棟で、誰かが振り返ったんでしょ？」

そうたずねた留美子に、驚いたように小さく何度もうなずく理恵。

留美子は、理恵に一体何を言おうとしているのだろう？

なんだか嫌な予感がする。

「健司が、翔太を追いかけてた『赤い人』を見ちゃってさ。理科室で、カラダを見つけたのも健司だったんだ。でも、うれしかったのかな？　私と高広に見せるために振り返ったの」

やっぱり。廊下で理恵が死んでいたから、高広か健司のどちらかが見たとは思ってたけど。

「その時に翔太を追いかけてた『赤い人』が理科室に行ったんだよね？　翔太はその後、一階に下りてきて、あんた達の事を笑ったんだよ？　そんなやつの事をかわいそうだとか思うわけ!?」

留美子だって笑ってたじゃない。それに、それを言う必要があるの？　無駄に不信感をあおって、留美子は何がしたいんだろう。

「翔太……笑ったんだ？　……なんだ、かわいそうなんて思って損した」

よほど悔しかったのか、ポロポロと涙を流す理恵。

言う必要がない事まで言うなんて。

でも、翔太みたいに、仲間外れにされる事が怖くて、私は何も言えなかった。

「まあ、安心しなよ。あの後、明日香が理科室に行って、カラダを棺桶まで運んでくれたからさ」

涙を流している理恵の頭をなで、笑顔を見せる留美子。

でも、私はこの裏表の激しさに、奇妙な感覚に包まれた。

確かに留美子には、そういう一面があった。でも、男子には良い顔をして、女子にはそっけない態度を取っていた「カラダ探し」の前とは明らかに違う。違うというより、真逆なのだ。

「そうだったんだ……良かった……ありがとうね。明日香」

「私は……理恵が運ぼうとしてたカラダを、代わりに運んだだけだから……見つけてくれた三人のおかげだよ」

三人というのを強調する事が、私にできる精一杯の抵抗。これ以上、皆が分裂しないように。

「でもさ、男子は馬鹿だよね。健司が振り返ったんでしょ？　それで死んだんだから、高広怒ってるよ……きっと。翔太も健司も高広も……皆、喧嘩になるんじゃない？」

その留美子の言葉は、私の考えを完全に否定するものだった。それでも、女子だけでもまとめようとしているように思える。男子はどうなってもいいという印象は受けたけれど。

学校に着き、教室に入ると、早くも高広と健司のふたりが喧嘩をしていた。

話の内容はいたってシンプル。

「どっちが悪い」という事で罪のなすり付け合いをしているだけ。

クラスメイト達も、高広に暴力を振るわれたくないのか、見て見ぬふりを決め込んでいる。

「健司テメェ！　何振り返ってんだよ！　あぁん!?　テメェのせいで俺まで死んだだろうが！」

「高広が死んだのは俺のせいか？　違うだろ？　俺が殺された時に、すぐに逃げれば良かったんだ。後でカラダを取りに行けば、死ぬ事はなかったかもしれないだろ？　それを俺のせいにするな。それに、あの作戦を立てたのはお前だろ！」

まずは高広と健司の口論《こうろん》。無口な健司がこれだけしゃべるという事は、高広の言葉に相当怒っているという事だ。

「お前が『赤い人』を見なかったら、死ぬ事はなかったんだろうが!!」

そう叫び、健司を殴りつける高広。

「ねぇ留美子、止めなくていいの？」

「いいんじゃない？　好きにさせとけば」

理恵の言葉にも、そっけない返事の留美子。

本当に、男子達が分裂している。皆で協力すれば、こんな喧嘩もないはずなのに。

この「昨日」を何度も繰り返すうちに、ストレスが溜まって……爆発してしまう。

そう思っていた時だった。

「あ、そうそう。翔太が笑ってたよ。生産棟に向かった三人が死んだかもって明日香と話してたらね」

留美子が、新たな火種をその中に投げ入れたのだ。

「何？　翔太テメェ！　俺達が死んで満足か？　あぁ!?」

誰彼かまわず怒りを撒き散らす高広。

どうして皆、喧嘩をするの？　こんな状況なんだから、皆怖くて、不安になってるんだよ？　それを怒りでごまかしたり、人のせいにしたり、私みたいに、仲間外れにされるのが怖くて、何も言えなかったり……。

人それぞれだけど、喧嘩しても『カラダ探し』が終わるわけじゃないんだから。

「笑って悪いか!?　お前が言ったから、俺は『赤い人』から逃げてたんだよ！　なのに、健司のミスで『赤い人』は理科室に現れたんだろ!?　俺は約束は果たしたんだ。何も言われる筋合いはないぜ！」

今日は翔太も、強気で高広に反論する。

翔太の言ってる事は間違っていない。「笑った」という事を除けば……だけど。

「死ぬまで引き付けろっつっただろうが!!　それに、お前が生産棟と工業棟の二階を回ってれば、健司だって『赤い人』を見なかったはずだろうが!!」

「だったら、そう指示しておけよ‼　どこを逃げようが、俺の勝手だろ！」

もう、喧嘩の理由なんてどうでもいいといった感じだ。

ただ、怒りを誰かにぶつけたい。ミスをした人なら誰でもいいのだ。

その後、三人の口論は、殴り合いの喧嘩にまで発展してしまった。と言っても、翔太と健司が一方的に高広に殴られているだけだったけど。


朝にそんな喧嘩をしてから、男子三人は話をしなくなった。

私達女子三人は、普通に話をしているけれど、この状況には、不安を感じる。

もしも、このまま夜になって、「カラダ探し」の最中にも喧嘩を始めたら、協力どころか、良くてバラバラに動く。

悪ければ、お互いに足の引っ張り合いになる可能性があるから。

せめて、私達女子だけでも仲良くしないと、無駄に死と「今日」を繰り返すだけになってしまう。そして、長引けば長引くほど、皆の精神状態は悪くなる。授業中の今でさえ、三人の険悪なムードが態度に表れているのだ。

高広は授業中にも関わらず、ふたりを交互ににらみつけているし、健司は無視をするように机に伏せて寝ているし……翔太なんかは、何事もなかったかのように、ノートを取っている。

そして、遥はというと……今日も、視線を向けると、身体は前を向いたままで、頭だけが回ってこちらを向く。無表情で、どこを見ているかわからないような瞳で……。

よせばいいとわかっているのに、つい気になって見てしまうのだ。

そうして、遥の対策が何も話し合われないまま、昼休みが訪れようとしていた。

「明日香も理恵も、今日はどうする？　もうすぐ遥が来る時間だけど……」

昼休みになり、「あの時」が迫っているというのに、男子三人は話し合おうともしない。

「昨日」、翔太が絞殺したはずなのに、遥は私達の目の前に現れた。

殺しても死なないというなら、どうすればいいのだろう。もしかして、男子はもう、諦めているんじゃないのだろうか？

だから、話し合いもしないし、遥に言われたら言われたで、夜に『カラダ探し』をするだけ。

そう思っていたら……。

「あいつら何もしないしさ、私達だけでやろうか？」

留美子が、男子達の様子をうかがいながら私達に言った。

私達だけでやる？　怖くて「何を」なんて聞けなかったけど、言いたい事はわかる。

「……遥を殺そうよ。『昨日』だって、翔太が本当にやったかどうか、怪しいもんじゃない？　だったら、私達だけでやろうよ」

予想していたとはいえ、それを言われると、かなりの抵抗感がある。

「む、無理じゃないかな？　だって、翔太がやってもダメだったんでしょ？」

「だからさ、本当にやったかわからないじゃん」

理恵の返事にそう答えた留美子は、本当にやると思えてならなかった。

「遥、ちょっと話があるんだけど！」

留美子は、一番前の席に座っている遥に声をかけた。

相変わらずの無表情で……ゆっくりと、正面に立つ留美子に顔を向ける。

「返事くらいしたら？　まあいいけど。話があるから、ちょっと付いてきなよ」

留美子の隣で様子を見ていると、遥は一言も発する事なく、椅子から立ち上がった。

返事がないから、付いてくるのかこないのかよくわからない。

「昨日」翔太が話していた時も、こんな感じだったのだろうか……。

それでも、留美子の後ろを歩く私達の後ろを、ピタリと付いてくる遥。その姿は、なんだか不気味で、幽霊とでも一緒に歩いているような、そんな気分になる。

「ねえ、留美子……どこに行こうとしてるの？」

行き先さえ教えてくれない留美子の行動に不安を感じたのか、理恵がそうたずねた。

「黙って付いてくればいいんだって。もうすぐ着くからさ」

さっきから、ずっと階段を上り続けている。留美子の考えがわかったような気がした。留美子は、屋上に向かっている。そして、きっと、屋上から遥を突き落とすつもりなのだ。

私の予想通り、留美子は屋上のドアを開けて、私達が全員付いてきた事を確認して、口を開いた。

「遥！　あんたのせいで、私達は毎日大変なんだよ！　もう、いい加減にしてよね！」

そう言いながら、遥に歩み寄る留美子。私と理恵は何も言わずに、それを黙って見ているだけ。

そしてまた、遥は何も言わない。

「あんた、何か言ったら!?『カラダを探して』しか言えないわけ!?」

無表情のまま、ただ目の前にいる遥を見ているだけの遥に、留美子が怒ったように声を上げ肩をつかみ、柵の方に遥を押したのだ。

後ろ向きによろめきながら、柵に背中から当たる遥。それでも、本当のマネキンのように、表情が変わる事はない。

いつもなら止める所だけど、「カラダ探し」を頼まれたくない私は、留美子の行動を見るしかなかった。

「これでも何も言わないわけ!?　あんた、私をナメてんの!?」

そう言って、遥に歩み寄り、胸をドンッと押した時だった。

私の胸くらいの高さの、ステンレス製の柵。そこから、パキン！　という音がして……遥の身体が通るくらいの幅の柵が、切断されて倒れたのだ。

その間を、遥はよろめきながら通過して縁にひっかかって……屋上から転落したのだ。

何が起こったのか、まったくわからずその場に立ち尽くす私達。

「何？　何なの!?　どうして柵が壊れるのよ!?　ありえないし！」

不安を感じたのだろうか？　それを振り払うように叫び、柵に近づく留美子。

私も柵に近寄り、その切断面を見ると、腐食《ふしょく》や元から壊れていたというわけじゃない。

今、何かで切断されたような、切り口が新しいものだった。

「そ、それより……遥は？」

恐る恐る、こちらに近づいて来る理恵。

そうだ、遥は屋上から落ちたんだ。

留美子にしてみれば、そうするつもりだったのだろうけど。予想していなかった事が起きたせいか、遥を押したその手は、ブルブルと震えていたのだ。

そして、私が屋上から下をのぞき込むと……。

ここからずっと下、アスファルトの上で、こちらを見つめる遥の姿がそこにはあった。

口から血を流し、遥の身体から流れ出る血が、アスファルトを赤く染めていく。

思わず顔をそらし、そこから離れた私は、それを忘れたくて目を閉じた。


「ねえ、皆……私のカラダを探して」


その言葉に、ハッと目を開けた私の目の前には……屋上から落ちたそのままの姿で、遥が立っていたのだ。

そして、私達にそう言うと、遥は校舎の中に戻っていった。

遥は……落ちたはずだよね？　地面の上で倒れてたはずだよね？　なのに、時間になったら私達の目の前に現れた。

「もう……何をしても無駄じゃない。こんなの」

諦めたようにそう呟いた留美子に、私も理恵も何も言えなかった。

結局、翔太の言う通り、殺したのに遥は死ななかった。私達の心に残ったのは、恐怖と不安、そして絶望感だけ。恐らく、遥にどんな事をしても、私達がどこに逃げても、その時間が来れば、遥は「カラダ探し」を頼みにくる。

ひどい姿で現れて頼まれるくらいなら、何もせずに頼まれた方が、精神衛生上《せいしんえいせいじょう》良いような気がして……私達は教室に戻った。

教室の中に入ると、翔太が血相を変えて私達に駆け寄り、怒りをあらわにして、口を開いた。

「俺は……『昨日』、遥を殺したって言ったよな!? 今日のは何だよ!! 血まみれだったじゃないかよ!!」

「あーっ！ もう!! うっせーんだよ、翔太！ あんたが信用できねーから、私らがやったんだろーが!!」

「それで、死んだのかよ!! 遥は死んだのか!? あんな姿で現れるくらいなら、普通に頼まれた方が何倍もマシだ!!」

もう、留美子と翔太の仲は、修復できないくらいヒビが入ってしまっている。

後一回でも何かあれば、確実に壊れてしまいそうなほどのヒビが。

いや、すでにもう壊れてしまっているかもしれない。

夜の「カラダ探し」で、変な事が起こらないといいけど……。

私には、そう祈る事しかできなかった。

放課後になり、男子達は早々に帰宅した。

教室に残っているのは、私達三人だけ。

生きるためとはいえ、翔太があんな事をしなければ、皆の心がバラバラになる事はなかったのに。私もあの時は怒ったけど、このままじゃあ、皆が自分勝手に動いてしまう。

そして、目には目を……自分が生きるためなら、友達ですら犠牲《ぎせい》にする。

そんな予感がしていた。

「ねえ、明日香聞いてる？　私の話」

目の前で振られている留美子の手に気づき、ハッと我に返る。

「え？　あ……ごめん。考え事してて……何？」

「だから、どうせ0時になったら学校にいるわけじゃん？だったらさ、それまで遊ばない？」

いかにも留美子らしい考え方だ。

でも、こんな状況で、よく遊ぶなんて思えるなと、私は思った。

「私、思ったんだよね。『今日』になったら、使った金も元に戻ってるわけじゃん？だったら、カラオケでもして、ストレス発散しない？」

そうか、そういう考えもあるのか。でも、それにはひとつだけ心配事があった。

「でもさ……もしも『カラダ探し』が終わって明日が来たら……お金が減ったままに

なるんじゃないの？」

「そんなの……まだカラダを六つも探さなきゃならないんだよ？　最後のひとつを見つける日に、使わなきゃいいだけじゃん」

どういう理屈でその考えが正しいと思っているのかわからないけれど、私と理恵は、留美子に押し切られる形で、遊びに行く事になった。

ひとりでいると、悪い事ばかり考えてしまうから、０時まで時間を潰すにはちょうどいいかもしれないと、私も思うようになっていたから。


「そういえばさ、体育館とかにもカラダってあるのかな？」

いつもは行かないような、少し高めのレストランで私達は話をしていた。

カラオケもいいけれど、歌を唄おうという気分になれないという事と、歌は「赤い人」を思い出してしまうという理由からだ。

「どうだろ？　外には出られないけど、体育館は校舎とつながってるからね、もしかしたらあるかも」

「じゃあ、屋上は？　校舎だけど外じゃない？　微妙だけど」

などと、結局は「カラダ探し」の事ばかりを話している。

早くこの、繰り返す「今日」から抜け出すには、私達だけでも頑張るしかないのだ。

男子がバラバラになっているなら、女子だけでもまとまらないと。

「こうやって考えるとさ、私達が入った事がない教室多すぎない？　工業棟とか、どんな部屋があるのかわかんないし」

留美子の言う通り、入った事がない教室の方が、入った事のある教室よりも多いから、部屋の中がどうなっているかもわからないし、何が置かれているかもわからない。

つまり、どこにカラダが隠されているのか推測すらできないという事なのだ。

「とりあえず、今日は体育館調べてみる？」

推測ができないから、理恵のその提案を、拒否する理由もなかった。

レストランの閉店時間まで話をしていた私達は、その後店を出て、0時までの後一時間、何をしようかと考えながら街を歩いていた。

相変わらず冷たい風が吹く寒い夜。

いつもと変わらない、死刑執行前の緊張が、こうして遊んでる私達にも不安を与えていた。

時間が経過するにつれ、口数も減り、どこに行くという目的もなくなってくる。

それでも、少しでも不安を和らげようと、話をしてみるものの、すぐに会話は終わってしまう。

そうして、あてもなく街をブラブラと歩いていたら、私達が通っていた中学校の前を通りかかり、それを見た留美子が、首を傾げながら口を開いた。

「そういえばさ、中学校に武道館《ぶどうかん》ってあったでしょ？　校舎から離れてるやつ」

武道館……柔道の授業で使っていた、本校舎から離れた建物だ。

「あったね、でもそれがどうかした？」

「んー、ちょっと気になってさ。中学校の武道館って、本校舎から離れた所にあって、うちの学校の旧校舎も離れた所にあるよね。あれも『カラダ探し』の対象なわけ？」

確かに、そう言われれば、私達が『カラダ探し』をしている新校舎とは離れた場所に旧校舎があって、そこに行く連絡通路はない。一度、外に出なければならないのだ。

「外に出られないなら、関係ないんじゃないかな？　だって、行けないでしょ？」

私はそう言ったものの、留美子に言われて、旧校舎の事が気になり始めていた。

そんな話をしているうちに、時刻はまもなく0時。

そして、その時は訪れた。

私達は学校の玄関の前に集められ、いつもは思いもしない、ドアが開くその時を待ち続けていた。

私達女子は集まっているけれど、男子はそれぞれひとりで、別の方向を向いているのだから。

ここまで来たら、早く開いてほしい。ただでさえ重い空気に、気まずさがプラスされて、とてもじゃないけど、いられたもんじゃない。

「私達、今日は体育館を調べるからね。あんた達は違う所にしてよね」

そんな空気の中、留美子が男子達にそう言い放った。まるで、男子は邪魔だと言わんばかりに。これも、翔太の行動が発端となっての事だろう。

「おう、じゃあ俺は工業棟に行くからな……テメェらは勝手にしろ」

高広も高広で、協力するつもりはないようだ。

まあ、手分けして探すなら単独行動の方がいいし、居場所がわかっているなら「赤い人」の対処もしやすい。

しかし、翔太も健司も黙ったままで……何も言わずに高広に背を向けていた。

その態度に怒るかと思いきや、高広も「チッ」と舌打ちするだけで、何も言わない。

早くも、何かが起こりそうな気がして……。

それに、皆の事は気になるけど、今日も健司の顔色が悪いのが特に気になる。頭に手を当て、痛みに耐えているかのような姿が。これが「カラダ探し」に影響しなければいいんだけど。

そんな事を考えていると……私達の目の前のドアが、ゆっくりと開いた。

「じゃ、テメェらは好きにやれや。『赤い人』を見ても、工業棟には来るんじゃねぇぞ」

高広はそう言うと、唾《つば》を吐き、西棟へと歩いていった。

健司と翔太はどうするのだろう?

ここに呼ばれてから、まったく話をしないから、どこに行くのかがわからない。

「まあいいじゃん。私達は体育館に行こ。あそこは広いから、三人でも多い事はないよ」

そう言いながら歩き出す留美子に、私と理恵は付いていくしかなかった。

これ以上、分裂しないように……もしも、理恵と留美子が喧嘩をした時でも、何とか私が仲裁すれば大丈夫だと思う。

私さえしっかりしていればと、そう思いながら東棟の一番奥、会議室や校長室の前の廊下の突き当たり。そこに、重い金属製の扉の前までやってきた。

体育館の入り口。昼間なら、西棟からでも行けるけど、それには一度外に出なければならない。

つまり、「カラダ探し」の最中は、こちら側からじゃないと体育館には行けないのだ。

「じゃ、開けるよ。せーのっ!!」

扉の取っ手を持ち、留美子の合図で扉を引いた。

ゴロゴロと、ローラーがゆっくり回る音が聞こえて、人がひとり通れるだけの隙間が開く。その中をのぞくと……校舎の中よりはマシだけど、それでも冷たい空気が漂っている。

「うわっ……夜の体育館って不気味だね……」

体育館の中に入って一言、留美子はそう呟いた。

確かに不気味だ。校舎も不気味だけど、その広い空間のせいか、声も、足音も響いて……校舎とは違った意味で、気味の悪さを感じる。

「んー、私と理恵は下の部屋探すから、明日香は二階の見物席とか倉庫を探してよ」

「あ、うん……わかった」

留美子に指示されるままに、私は階段へと向かった。

キュッキュッという靴の音が館内に響き渡る。私はこの音は嫌いじゃない。だけど、「カラダ探し」の最中に聞いても、不気味に聞こえるだけ。

「そういえば、首のないバスケットボール部員の幽霊が、自分の頭をドリブルしてるって怪談話もあったよね……」

なんて、独り言を呟きながら、私は階段を上がって、見物席の方に歩いた。

すると……。

キュッ。

キュッ。

という足音が、かすかだが聞き取れたのだ。

ま、まさか……本当に幽霊が？

二階の見物席へと急ぎ、柱の陰からそっと階下をのぞくと……暗くてよく見えないけれど、何かを探しているような人影がそこにいた。キョロキョロと部屋の方の様子をうかがうようにしているその人影が、一体誰なのか。

「首があるから……バスケ部員の幽霊じゃないよね……」

なんて、言ってる場合じゃない。

高広は、自分の言った事を曲げないから、「赤い人」でも、幽霊でもないのなら、翔太か健司のどちらかに違いないのだ。じゃあ、何のためにここに来たのか……。

もしも、ふたりのうちどちらかが一緒に探したいと言うなら、留美子だって無下に断りはしないはずだ。翔太だったらどうかはわからないけど。

そんな事を考えて下りた階段。下のフロアに着くと、その人影は姿を消していた。

「あ、あれ？　どこかの部屋に入ったのかな？」

それとも、私が階段を下りている間に、体育館を出たのか……不思議に思って階段を上がろうとした時だった。

ガタッという、物音が聞こえたのだ。

留美子か理恵が、何かしているのかと思ったけれど、さらに「ん――っ!! ん――っ!!」という、声も聞こえる。

何かがおかしい。

声が聞こえた方に行ってみると、「教官室」と書かれた、体育の先生の部屋から声が漏れている。

ゆっくりとその扉を開けた私が見たものは……ソファの上で、理恵にまたがり、服を引きはがそうとしている健司の姿だった。

何、これ? どうして健司が理恵を襲ってるの? 目の前の光景が、一瞬理解できなかった。

でも、このままじゃ理恵が……。

左手で理恵の口を押さえ、ブラウスのボタンを、強引に引きちぎる健司。

「留美子!! 理恵が! 今すぐ来て!!」

その声に、健司が驚いたようにこちらを見る。

私は、理恵を助けたい一心で、壁に立てかけられていた竹刀《しない》を手に取り、健司に駆け寄った。

「理恵に何してるのよ!! 離れなさいよ!!」

理恵にまたがる健司を、何度も何度も竹刀で叩き続ける。

私が叩けば叩くほど、健司は身を丸くして、理恵の身体に覆いかぶさる。

「助け……てくれ。俺にもどうしていいか……」

健司が妙な事を呟いているけど、答えは簡単。

あんたが理恵から離れればいいだけでしょうが!!

「明日香！　助けて!!　助けて!!」

よほど恐怖しているのだろう。泣きわめき、私の方に必死に手を伸ばす理恵。

「どうしたの!?って、健司!!　あんた何してんの!!」

留美子がそう言うなり部屋に入ってきて、健司を理恵から無理矢理引きはがす。

健司は床に転がったが、すぐに体勢を立て直すと、私達を押しのけて部屋を出ていった。

ソファの上で泣きじゃくる、ブラウスのボタンが弾けてしまった理恵。

ピンクのブラジャーがあらわになったその姿に、私達は何も言う事ができなかった。

「キス……されたぁ……」

そう言って、さらに泣き出す理恵の隣に座り、私は頭をなでた。

「何なんだよ健司のやつ！　『カラダ探し』なのに、誰の身体を探してたんだよ！　最初から、理恵を狙ってたんじゃないの!?」

健司の不可解な行動に、怒りをあらわにする留美子。

留美子じゃなくても、あれは私だって怒る。健司には目立った非は無かったのに……怖がる女子を、無理矢理犯《おか》そうとするなんて、最低だ。

「もうさ、男子なんかいいじゃん……あいつらの誰かとふたりきりになったら、レイプされちゃうよ。私達は三人で動こう」

まだ泣いている理恵の頭をなでて、留美子が優しく声をかける。

健司から事情をきくのは明日にするとして、今、理恵は動ける状況じゃない。こんな時に、『赤い人』が現れたら……。

そう考えていた時。


『「赤い人」が、西棟三階に現れました。皆さん気を付けてください』


校内放送が流れた。

でも、西棟三階なら、ここに来る可能性は低いはず。それに少し安心して、私達は理恵をなぐさめた。

「そういえばさ……気になってる事があるんだけど」

しばらくして、理恵の背中をさすって、留美子が首を傾げた。気になってる事って何だろう？　気になる事がありすぎて、どの事を言っているかがわからない。

「何が気になるの？」

私は理恵の頭を抱きながらたずねた。

「うーん、今の校内放送だけどさ、一体誰がしゃべってんの？」

……確かにそれは気になる。

不思議な事が起こりすぎて、校内放送が唯一の救いだと勘違いしていたけれど。

「それにさ、校内放送って……『赤い人』が現れた場所を教えてくれてるの？　それとも、校内放送の通りに『赤い人』が現れるの？　どっちだろ？」

それも考えた事がなかった。

私としては、現れた場所を教えてくれていると思っていたけど、そう言われると、どちらかわからない。

「じゃあ、もしかして留美子は、放送室に誰かがいて、その誰かが『赤い人』を好きな場所に出してるって思ってるの？」

「まあ……私が思ってる事だから、違うかもしれないけどね」

うん。その確証はないけど、違うとも言い切れない。そもそも、私にしてみれば、放送室がどこにあるかもわからないのだ。

「ふたりとも……ありがとう……もう、大丈夫……だから」

涙を拭いながら、私達にそう言う理恵だったけど、その手はまだ小刻みに震えていた。
理恵は大丈夫と言っているけど、とても大丈夫そうには見えない。
「理恵、無理しないで。『赤い人』も遠くにいるんだからさ……まだ休んでいても大
丈夫だよ」
私は優しく理恵の頭を抱き締めて、頬を寄せる。大切な友達なのだから。これくら
いしかしてあげられないけれど。
「そうだよ理恵、私達に任せてもう少し休んでたらいいよ」
そう言い、笑顔を向ける留美子が、部屋の中を物色《ぶっしょく》し始めた。
ロッカーや引き出し、机の下と、理恵の分も探そうという気持ちの現れだろうか。
「うーん……ないなあ。隣の部屋に行ってくるね」
留美子はそう言うけど、三人で動かなければ、またいつ健司が襲ってくるかわから
ない。
いや、健司だけじゃない。あれほど言い合った翔太の方が怖い。それも、留美子を
狙うという可能性を考えた方がいいと思う。プライドの高い翔太に、あれだけの事を
言ったのだから。そう考えると、健司も翔太も、怖く感じてしまう。
高広は、私の部屋にいて、私を無視して寝るくらいだから、そんな事はしないと思

うけど。百％安全だとは言い切れない事が、私は嫌だった。

「留美子、三人で固まって動こうよ」

今、留美子が言ってた事なのに、もう忘れたのかな？

「あー……そうだね、皆で一緒に行かなきゃね」

本当に忘れてたみたいだ。

理恵の肩に手を回して、そっと立たせる。そして、留美子と一緒に教官室を出た時だった。


『「赤い人」が、生徒玄関に現れました。皆さん気を付けてください』

再び、校内放送が流れた。

「生徒玄関……かなり近くに来たよ!?」

私達はどうすればいいのか。

チラリと目をやった体育館の入り口。私達が開けたままの状態で、「赤い人」が見れば、ここに人がいる事がわかってしまう。

「留美子、理恵、扉を閉じないと！」

私の言葉で、扉に向かって走り出す。そして、扉の前に来た時に私が見たものは……廊下の向こうから、こちらに向かって走ってくる人影。もしかして、「赤い人」に追われてるの？

「誰かが来る！」

「早く閉めて!!」

留美子の判断は早かった。

男子全員が信用できない留美子にとっては、誰が来ても同じなのだろう。

私達は、その重い扉を力一杯押して……それは閉められた。

そして……。

ドンッ!!　と、向こう側で誰かが、扉にぶつかった音が聞こえた。

「あ、開けてくれ!!　『赤い人』が！　『赤い人』が来てるんだよ!!」

それは、健司の声だった。

「開けるわけないでしょ！　あんた、自分が何したのかわかってんの!?」

健司の声に、留美子が扉越しに怒鳴りつけた。あれだけの事をしておいて、よくもここに来られたものだ。

「俺だって何が何だか!!　でも謝る！　悪かった!!　悪かったから！　早く開けてくれ!!　頼む!!」

ドンドンと何度も扉を叩き、懇願する健司。

「謝って済む問題じゃないでしょ!!　こんな時に、何を思ってあんな事したのよ！」

扉が開かないように押しながら、私も叫ぶ。

生きるために仲間を犠牲にした翔太よりも……。

自分の意地のために仲間を巻き込んだ高広よりも……。

自分の欲望のために、理恵をレイプしようとした健司が許せない。

「助けて……助けて!!　あああっ!!　は、離せっ!!」

「赤い人」にしがみつかれたのだろう。

それなら、ますますこの扉を開けるわけにはいかない。

それに、理恵が助けてと言った時に、離れようとしなかったのに……同じ言葉を口にするなんて、どういう神経をしているのだろう。

扉の向こうから、「赤い人」の歌と、健司の意味不明な奇声が聞こえる。

そんな中で、理恵が手を震わせながらゆっくりと扉に近づき、そして鍵をかけた。

「健司……もういいから……うるさいから死んでよ」

理恵がそう言った直後だった。

ドサッ……と、何かが落ちるような音が聞こえたのは。

今のは……健司の上半身が落ちた音？

「赤い人」が人を殺すパターンは二つある。

ひとつは振り返る事で、その時の殺し方は、「赤い人」が無邪気に虫を殺すように、潰したりちぎったり。

そしてもうひとつは、しがみつかれて、歌が唄い終わった時。この殺され方だと、しがみついた腕が締めつけられて……背中から裂けるようにして上半身と下半身が分断されてしまう。

今のドサッという音は、恐らく健司の上半身が床に落ちた音だろう。

そして、健司が死んだという事は……扉を挟んで、「赤い人」がいるという事。


ドンドンッ！

ドンドンッ！


そんな事を考えている間にも、「赤い人」がこの扉を開けようと、激しく叩き始めた。

「だ、大丈夫……だって、鍵かかってるでしょ……」

まるで、太鼓でも叩くように、扉を叩き続ける「赤い人」に恐怖して、ゆっくりと後退しながら留美子が呟く。

「う、うん……大丈夫……だと思う」

不安そうに理恵も呟くけど、その音が止む事はなく、ますます激しくなる。

そして、理恵がかけたはずの鍵が、カチャリと回る音が、扉を叩く音の間に聞こえた。

「何？　今の音……まさか……」

目の前に迫る恐怖に身をすくませて、留美子が扉を指差す。

そして、ゆっくりと扉が動き始めたのだ。

「ふ、ふたりとも、上に逃げよう！　『赤い人』を見ちゃう前に!!」

まだ、「赤い人」の姿が見えない今なら、振り返っても大丈夫なはず。

私が階段に向かって駆け出すと、ふたりも続いて走り出した。

扉はゆっくりと開いている。だったら、どこかに隠れる時間くらいはあるはず。

そう思い、階段に差しかかった時だった。


ゴロゴロゴロ……。


まるで、障子かふすまでも開けるかのように、なめらかにローラーが転がる音が、背後から聞こえたのだ。

「も、もしかして、もう扉が開いたの!?　嘘でしょ!?」

留美子がそう言うのもわかる。

でも、振り返って確認してる余裕なんてないから、このまま走るしかない！

「キャーハハハハハハッ！」

「赤い人」の笑い声が、体育館に響き渡る。

そして……。

ペタペタペタペタペタペタペタペタペタッ!!

と、恐ろしく小刻みな足音が聞こえる。「赤い人」は、確実にこちらに迫ってきていた。

その恐怖を背中に感じながら、階段を駆け上がる。不安が、身体から脚へと伝わり、脚を上げるのも辛《つら》い。そして、ようやく階段を上り切った時、私は悩んだ。

左に行けば見物席に出る。右に行けば倉庫がある。

「理恵と留美子は倉庫に隠れて！　何があっても『赤い人』を見ちゃダメだよ！」

私に注意が向けば、ふたりは安全になる。

「明日香は!?　何をするつもり!?」

「私の事はいいから!!　早く行って！」

留美子と理恵が、倉庫の方に走ったのを確認して、私も見物席へと駆け出したその時。

ガシッと足首をつかまれて、私はその場に倒れた。不意の出来事に手を付く事もできず、床で胸を強打してしまったのだ。

「かはっ!!　あ……ああ……」

その衝撃で、呼吸ができない。苦しくて、辛くて。そして、足首からふくらはぎ、太股へと……少しずつ上がってくる、ヌルッとした感覚に、言い様のない恐怖を感じる。

まるで、爪先から、ゆっくりと水に浸かるような、下から上へと浸食されるような不快感。それが腰まで来た時……あの歌が、唄われ始めた。

「あ〜かい　ふ〜くをくださいな〜し〜ろい　ふ〜くもあかくする〜」

翔太は言っていた、「何度もしがみつかれた」って。

と、いう事は……引きはがせるという事。だったら、引きはがすしかない。それも、

「赤い人」を見ずに。

「まっかにまっかにそめあげて～お顔もお手てもまっかっか～」

考えてる暇なんてない。

私は、腹部にしがみつく、「赤い人」の腕をつかんで離そうとするけど、血で滑って、上手く引きはがす事ができない。

「離れてよ!! 一体、何回殺せば気が済むのよ!!」

そんな事を言った所で、離れてくれるはずがない。

「髪の毛も足もまっかっか～どうしてどうしてあかくする～」

ダメだ……私の握力じゃあ、滑る腕をつかめても、引きはがせない。

このままじゃあ、昨日と同じように、あの苦しみを感じて殺されてしまう。

「どうしてどうしてあかくなる～お手てをちぎってあかくする～からだをちぎってあかくなる～」

階段の手すりをつかんで、なんとか立ち上がろうとするけど、それもまた、血で滑って立つ事もできない。

「あしをちぎってもあかくなる～あかがつまったそのせなか～わたしはつかんであかをだす～」

私は順番を間違えた。まず、立ち上がってから、腕を引きはがすべきだったのだ。

次が最後の一小節。もうダメだ。私は殺される……。

半ば諦めて、目を閉じた時。

『「赤い人」が、東棟二階に現れました。皆さん気を付けてください』

校内放送が流れて、私の背中から、重みがなくなった。

「昨日」に戻れば生き返るとはいえ、何度も何度も殺されるのは勘弁してほしい。

でも、私は殺されなかった。

「赤い人」も見てないし、まだ振り返る事もできる。

試しに階段の踊り場を振り返って見てみるけど、「赤い人」は現れない。

「た、助かったぁ……し、死ぬかと思ったよぉぉ」

一気に恐怖から解放された安心感からか、胸に込み上げる何かに押し出されるように、私の目から涙があふれた。

「明日香？　大丈夫なの!?」

倉庫から顔を出し、辺りを見渡す留美子。血まみれの私を見て、驚いたような表情を浮かべる。

「大丈夫。『赤い人』は見てないから、振り返ってもね」

その言葉に安心したのか、理恵と一緒に私に駆け寄る。

「大丈夫じゃないよ！　明日香、無茶して！」

「ホントだよ。あーあ……脚もパンツも真っ赤じゃん」

留美子の言葉に、慌ててスカートを直す。

「もう！　私、殺されそうになったんだよ！」

なんて、冗談を言いながら……殺されなかった事を思うと、また涙があふれた。

でも、しがみつかれていた私が殺されなかったという事は、代わりに、誰かが殺されたのだ。

高広は工業棟に行くと言っていたから……恐らく、死んだのは翔太。

私は、そう考えていた。

私達は、そのまま二階の倉庫を調べる事にした。体育館も、カラダ探しの対象範囲内なら、ひとつでも多くの部屋を潰しておいた方がいいと思ったから。

「え？　優先順位？」

「うん、『赤い人』が私にしがみついて、歌を唄ってたんだけど、後一小節で終わるって時に、校内放送が流れてさ……それでいなくなったんだ」

校内放送が先か、「赤い人」が消えたのが先かはわからない。ほぼ同時だったような気もするし、校内放送が先だったような気もする。

「それ、翔太も言ってたけど……つまり、『赤い人』が追いかけてる人がいても、『赤い人』を見た人が振り返ったら、そっちに行っちゃうって事だよね？」

考えながら言葉を探している様子の留美子。

「うん、そういう事。そして、しがみついた人の所に、必ず戻って来るとは限らないの。『昨日』、翔太がそうだったでしょ？」

倉庫の中に置かれた机や椅子を移動させながら、私は留美子の問いに答えた。

『昨日』、翔太は二階を逃げ回って、健司が振り返ったから追いかけられなくなった。

その後『赤い人』が現れたのは、私達がいた東棟一階。

運もあるとは思うけど……この部屋を探すまでは、大丈夫だと信じようと思った。

結局、二階の倉庫にはカラダは無く、私達は見物席を歩いていた。倉庫の反対側にある体育館用の放送室に行くために。

「理恵、大丈夫？　少しは落ち着いた？」

健司に襲われた事は、理恵にとってショックだっただろう。留美子にピタリとくっついて、離れようとしない。

「うん……大丈夫だよ。それに、今日の『カラダ探し』が終わったら……何もなかった事になるしね」

理恵はそう言って、無理に笑って見せるけど、健司が理恵を襲ったという事実が消えるわけじゃない。

外傷はなかった事になるかもしれない。でも、心のキズまでなかった事にはならない。むしろ、怒りや憎しみといった負の感情は、普段よりも強くなっているような気さえする。

「まあ、『昨日』に戻ったら、健司はぶっ殺す。だから理恵は安心しなよ」

留美子が言うと、本当にしそうで怖い。

「やっぱり、高広に言うの？　健司……本当に死んじゃうかもしれないよ？」

「赤い人」に追われていて、理恵と健司を犠牲にした翔太とはわけが違う。

それでも、高広に言うかどうか、答えは出なかった。健司は、人としてやってはならない事をしたのだから。

「あー、ここにもない。体育館にはないのかなぁ？」

体育館用の放送室にもカラダは無かった。小さな部屋だから、入ってすぐに何も無い事がわかる。

「後は、反対側の見物席と、下の倉庫とか更衣室だね。あ、ステージもあるか……」

意外と探す所が多い体育館。三人で手分けして探せばいいのだけれど、理恵にあんな事があった後だけに、ひとりにはできない。

「でも……下に行くと、見ちゃうよね？　健司の死体」

理恵にも思うところがあるのだろうか……。

自分を襲った健司なんか見たくないと思っているのか、それとも、健司の事など意にも介さないほど、どうでもいいと思っているのか。

私にはわからない。ただ、男子が怖いのだろうという事だけはわかる。

「んー、見なきゃ良いんじゃない？　死体なんて、見るものじゃないしね」

と、留美子が放送室を出た時だった。

『「赤い人」が、西棟屋上に現れました。皆さん気を付けてください』

いつもとは違う、その校内放送に私達は顔を見合わせた。

「屋上……外なのに、屋上は出る事ができるの？」

校内放送の言葉には何か引っかかるものがあった。屋上に出る事ができる。それはつまり、外に出られるという事。私達は、その話をしながら、見物席を歩いていた。

「と、言う事は……屋上から長いロープでも使えば、外に出られるんじゃないの？」

「留美子、校門から出られない事忘れてない？」

「あ、そっか。じゃあダメだね」

なんて、落ちついて話ができるくらい、三人でいると安心する。ひとりでいる時と比べたら……そう、心にゆとりを感じる。

「でも、『赤い人』が屋上にいるって事は、屋上にもカラダが隠されてる可能性があるって事なのかな？」

相変わらず留美子にくっついて歩く理恵が、首を傾げて言った。

「可能性はあるよね。屋上の避雷針《ひらいしん》に遥の頭が刺さってたりして？　ごめん、マジで笑えないわ」

自分で言った事なのに、首を横に振りながら、顔の前で手をヒラヒラと振ってみせる留美子。本当にそんな事になったら、きっと私はそれを取れない。腰の部分を持つだけでも気味が悪かったのに……。

「留美子も理恵もさ、遥の頭を見つけたら……それ、持てる？」

言葉にするだけで寒気がする。

ふたりとも、想像してみたのだろう、小さく震えて首を横に振った。

「そんなの、男子にやらせればいいじゃん……想像しただけで気持ち悪いよ」

留美子がそう言った時だった。

屋上の話が出たから、ふとその方向を見てしまった私。その屋上から、笑いながらこちらを見ている「赤い人」と目が合ってしまったのだ。瞬間、全身にビリッと電気が走ったような感覚と、なでられているような悪寒に包まれる。

どうしよう。「赤い人」を見ちゃった。それに、こっちを見て笑っていた。つまり、このままだと「赤い人」は、ここに来る可能性がある。

「あれ、明日香？　どうしたの？　急に立ち止まって」

前を歩いていた留美子が、振り返って私を見る。

「ごめん、ふたりとも……私『赤い人』見ちゃった。だから、ここから離れるね」

振り返れば「赤い人」が現れる。振り返らなくても、いずれ「赤い人」がやってくる。だったら、私がここから離れるしか方法がないのだ。

「え……嘘でしょ？　でもさ、振り返らなければいいわけじゃん？　だったら……」

留美子は、気を遣ってそう言ってくれているのだろう。

でも、そうじゃない。

「『赤い人』は、こっちを見て笑ってたの……だから、絶対ここに来るよ！　私が囮になるから、ふたりは体育館を調べて！　ひとつでも、調べる場所を減らしておいてよ」

私の言葉に、何も言えない様子のふたり。

無理もない。誰だって死ぬのは嫌だし、どうせ死ぬなら、探せるだけ探して死にたいから。

私はふたりに微笑んで、その場から逃げるように駆け出した。

入り口まで走り、「赤い人」が開けたドアの隙間に身をすべらせる。

体育館を出てすぐにある健司の亡骸《なきがら》を避け、私は走った。

そして、事務室の前の壁にかかっている学校の見取り図で足を止めて、放送室を探した。

留美子と話していた事だけど、校内放送が流れて、「赤い人」が移動するのか。

それともその逆で、「赤い人」が移動した場所を、校内放送で知らせてくれているのか。放送室に行けば、何かがわかると思ったから。

「放送室……放送室……あった、東棟の二階」

二日目に、私が入った教室の南側。ここからだと、この壁の裏にある階段を上がって、南側に向かえばいい。

それを確認した時、西棟から聞こえたあの笑い声。

「キャハハハハハハハッ！」

「赤い人」が近づいてきた……。

このまま引きつけて、放送室に向かわなきゃ。

「留美子も理恵も、頑張ってよね……」

そう呟いて、二階へと続く階段を上った。

二階に着いて、南側に向かって走る。

教室を二つ通り過ぎると、そこには「放送室」とプレートが掲げられた部屋があったのだ。

「ハァ……ハァ……放送室って、こんなとこに……あったんだ……」

振り向いてはならないという、半死刑宣告を受けているから、後ろを気にする事もできない。夜の学校なんて、ただでさえ背後が気になるのに。

胸に手を当て、呼吸を整えて、私が放送室のドアノブに手をかけたその時。

『「赤い人」が、森崎《もりさき》明日香さんの背後に現れました。振り返って確認してください」』

今までとは違う、私を名指しする校内放送に、背筋が凍り付くほどの恐怖を感じた。私の身体に突き刺さる、痛いほど冷たい空気。なめ回すように、ねっとりと絡みつく不気味な視線を背中に感じる。確実に、私の背後に「赤い人」がいる……。怖い……怖過ぎて身動きが取れない。どうして私を名指ししたの？　もしかして、放送室に入ろうとしたから、中の人が、「赤い人」を呼び寄せたの？

呼び寄せた……？

「赤い人」は、放送室にいる人が指定した場所に行くの？　そもそも、放送室の中には、本当に人がいるの？　考える事はいっぱいあるのに、背後にいる「赤い人」が怖くて……考えがまとまらない。

そんな事を考えている間にも、すでに腕が腹部に回されて、歌が唄われている。

このまま、何もしなければ、私は殺されてしまう。

歌も、もうすぐ終わる。

私の力では、「赤い人」を引きはがす事はできない。

だったら……やる事はひとつ。どうせ死ぬなら、放送室の中に誰がいるのかを確認してから死ぬ！

私は、握ったままのドアノブを回してドアを引いた。しかし、そのドアは重く、まるで内側から誰かが引っ張っているかのように、少し開いてもすぐに閉じる。

「誰なの！　誰かいるの!?」

叫びながらも、必死にドアを引く。そして、少し開いたドアの隙間から中をのぞいた時、私は見た。

「ひっ!!」

私がのぞいたその隙間から、誰かがのぞいていたのだ。気持ち悪くて……吐き気をもよおすような目。

慌ててドアノブから手を離したその時だった。

「……まっかなふくになりたいな〜」

歌の、最後の一小節が唄われたのだ。

ギリギリと私を締め上げる「赤い人」の腕。

「ああ……あ……」

「昨日」も味わった、あの激痛。「赤い人」の腕が身体に食い込んで。ドサッと、私の上半身が、床に落ちた。

薄れゆく意識の中で……はっきりと覚えている光景。放送室のドアの隙間の向こう側からのぞく不気味な目を。それだけがまぶたの裏に焼きついていて……その目に見つめられながら、私は死んだ。

五日目

あの不気味な目を、私はどこかで見た事がある。

誰の目なのかと考えても、その答えは出ない。でも、私の周りにいる誰かの目だ。

理恵？　留美子？　それとも三人の男子のうち、誰かのもの？

遥の目かもしれないけど、何か違うような気がする。そもそも、遥のカラダを探しているのに、放送室に遥がいるはずがない。

「理恵と留美子、大丈夫だったかな……」

ベッドの上で身体を横にして、ゆっくりと目を開いた。あの後ふたりは、体育館を調べ終える事ができたのだろうか？

こうして、また「昨日」に戻ったという事は、皆死んだのだろう。

そんな事を考えながら、私はゆっくりと身体を起こして、机の上の充電器に置かれている携帯電話を確認するために立ち上がった。

「痛っ！」

毎日毎日……「赤い人」に負わされた傷が、こうも痛むと生きているのが嫌になる。

そして、机の方を向いた私は目を疑った。

いつもの「昨日」なら、充電器の上に置かれている携帯電話が、机の上に直接置かれていたのだ。

「え……もしかして『昨日』じゃないの!?」

期待しながら机に駆け寄り、急いで携帯電話を開いたけど、日付は十一月九日のまだった。

学校に行く準備をしながら私は、なぜいつもの「昨日」とは、携帯電話の置き方が違っているかを考えていた。

風が吹いて倒れたり、お母さんかお父さんが、机の上に置いたというのならば、「昨日」もそうなっていなければおかしいはず。その小さな違和感を抱いたまま、私は家を出た。

「行ってきまーす」

そう言い、玄関のドアを開けると……高広が、退屈そうに家の前に立っていたのだ。

「あれ？　高広……おはよ。どうしたの？」

私がたずねると、少し照れたような表情を浮かべて、軽く手をあげる。

「いや、夜の『カラダ探し』でよ……明日香が名指しされてたから、ちょっとな」

高広は……私の事を心配して、迎えにきてくれたんだ。

そう考えたら、少しうれしくなった。

「ありがと、大丈夫だよ。と、言っても、死んじゃったけどね」

自分でも何を言っているかがわからなかったけど、高広に笑顔を向けてそう言った。

毎日「昨日」を繰り返していても、いつも違う「昨日」がある。携帯電話の違和感は、そういったものなのだろうか？

その答えを出せないまま、私は高広と一緒に学校へと向かった。

ふたりで並んでしばらく歩いていると……。

「明日香、おは……ゲッ！　高広!?」

「昨日」と同じ場所で、留美子が私に声をかけてきた。

振り返ってその表情を見ると、あからさまに高広を敬遠《けいえん》している事がわかる。

笑顔で留美子にあいさつをするけど、当の留美子は、高広をジロジロとにらむように見ていた。

「留美子、おはよう」

「な、なんだよ？　俺が明日香といちゃ悪いのかよ……」

また、照れたように留美子から顔をそらす高広。

「まあ……いいや。あんたは直接、私達に危害加えた事ないもんね」

そう言いながら、一緒に歩き出す留美子。

良かった……思えば、留美子と高広は意見が食い違っただけで、喧嘩をしたわけじゃない。それに、昨夜の健司の事もある……。

女子三人だけでは、どうにもならない事だってあるのだから、高広と留美子の関係が良くなるのは私達にとっても良い事だ。

「あ、そうそう……体育館でカラダの一部、見つけたんだよ！　右の胸の部分」

「あったんだ!?　良かった……やっぱり私がいなくなって正解だったね」

私の死が無駄にはならなかった。

いや、それよりも、体育館の中にカラダがあって良かった……。

「その事なんだけどさ……どうして明日香だけ名前を呼ばれたの？　あんな事されたら、あっと言う間に死んじゃうじゃん、反則だよ、あれはさ」

そうだ、この事は皆に教えなければならない。放送室には誰かがいて、そこに入ろうとすれば、「赤い人」を背後に呼び寄せられてしまう事を。

「おいおい、それ、マジかよ」

「そんなの、放送室にカラダがあったら、絶対探せないじゃん」

放送室の事を話して、ふたりの率直《そっちょく》な感想がその言葉だった。

留美子の言うように、もしもそこにカラダがあれば、私達は「カラダ探し」から、永久に抜け出す事ができないかもしれない。

そんな話をしながらしばらく通学路を歩いて、理恵とも合流した。

「皆、おはよう」

元気そうに見せてはいるけど、高広から離れて歩いている。やっぱり、健司に襲われた事がショックだったのだろう。意識して、男子を避けているように見える。

そして……また、あの猫が目の前に現れた。

これから自分が車にひかれて死ぬなんて思ってもいないだろう。

私達だって、この猫と同じなのだ。次の瞬間には、死んでいるかもしれないという事に関しては。

前方から車が来た。あの車にひかれてしまう。死ぬところを見たくないと、思わず顔をそらした時だった。

「ミャー」

猫が……留美子の足元に寄ってきたのだ。

「え……な、何で？」

その光景に驚く私達。

「ん？　猫がどうかしたのか？」

高広は、この猫の事を知らないようだけど、猫が死ななかった。

それは、私達が知ってる「昨日」とは、少し違った「昨日」になっているかもしれないという事だった。

学校に着き、私達が教室に入っても、妙な違和感は消えなかった。

いつも窓枠に腰かけて話している男子が別の場所にいたり、机の上に置かれていた、飲みかけのペットボトルが今日はなかったり。たとえるなら、「間違い探し」のような感覚。

今日が「昨日」である事に変わりはないけれど、どこかが少しずつ変わっていたのだ。

「やっぱり、おかしいよね？」

「うん。何かが違う……」

留美子も理恵も、この微妙な違いに気づいている。気づかないのは、高広くらいだ。

「あ？　何が違うんだ？　おぉ、そういや今日は健司の野郎が来てねぇな。サボりか？」

高広が言った、「健司」という言葉に、ビクッと反応する理恵。

もう、理恵にとって健司は、恐怖の対象でしかないのかもしれない。

「そうだ！　その事も言っておかなきゃ！　でも、翔太はどうすっかなぁ？　なんか、あれから嫌なんだよね。あいつ……」

顔をしかめて、ポリポリと頭をかく留美子。その気持ちはわからなくもないけれど。

「でも、放送室の話もあるからさ、皆に話すべきだよ。知らずに開けようとして、『赤い人』を呼ばれたら、無駄死にじゃない？」

「んー……じゃあ、明日香が呼んできてよ。あいつともめてないの明日香だけだし」

留美子のその言葉に、私はうなずいた。

まあ、もめてないわけでもないんだけど、皆と比べればまだマシかな？

翔太がどう思ってるかはわからないけれど。これで、少しは皆との溝《みぞ》が埋《う》まってくれれば……そう思って。

私が翔太を誘うと、しぶしぶといった様子だけど、皆の輪に加わった。

そして、まずは放送室の話から。

その時にはすでに死んでいた翔太は、疑っているようだったけど、私の言う事ならと、一応は信じてくれたみたいだ。問題なのは健司の事。

「それは本当の話なのか？」

「本当だって！　理恵の上にまたがってさ、ブラが丸見えだったんだよ⁉　マジ最低だし！」

昨夜の理恵と健司の様子を、興奮気味に話す留美子。その話を聞きながら、高広と翔太は考え込むように目を閉じている。

考える事は、やっぱり男子と女子では違うのだろうか？

「あいつ、一体何を考えてやがるんだ？　とにかく許せねぇな……」

「高広、お前は許せないって言うけど、次は健司を生け贄《にえ》にするつもりか？　お前は、ただ誰かを責めたいだけじゃないのか？」

「何だと翔太コラァァッ!!」

何とかなると思っていたのに、溝が埋まると思っていたのに、どうしてこうなるんだろう。

「もう、やめてよ！　ふたりを喧嘩させるために、私は話をしてるんじゃないよ！」

知らないうちに、私の目から涙が流れていた。

理恵の気持ちも考えないで、嫌味を言う翔太も、その挑発に乗る高広も……被害者を無視して喧嘩を始める意味がわからなかった。

高広と翔太の喧嘩は、私が泣いた事で止める事ができたけど、溝が埋まったわけじゃない。少しずつ変わっている「昨日」の中で、変わらない高広と翔太の関係。

授業中でも、少しずつ変化が見られたけど、どれもこれも私達には関係のない変化。

もしかして、遥が「カラダ探し」を頼みに来なくなるかもしれないなんて、淡い期待を一瞬抱いたけれど、遥を見ると、首だけが回るのは相変わらず。

まだカラダは五つも残っているのだから、頼みにこないはずがない。

それよりも、学校に来ていない健司はどうなるのだろう？

まさか、それで「カラダ探し」から逃れられるとは思わないけれど、家にまで遥が来たら……考えただけで恐ろしい。

そんな事を考えながら、窓の外をボーッと眺めていた時だった。

ヴヴヴヴヴヴ……。

ヴヴヴヴヴヴ……。

ポケットの中に入れていた、携帯電話が震えた。それを取り出して、開いてみると、送信者は留美子。

一斉送信で、宛先には理恵の名前も入っている。

そして、その内容は……。

『授業サボらない？』

という短い文章だった。

毎日同じ授業を受けているから、それもいいかもしれない。

私は、留美子に返信した。


留美子のメールで授業を抜け出した私達三人は、屋上に来ていた。

「昨日」遥が転落した場所。

「おかしいよねぇ？　いきなり柵が倒れるなんてさ」

柵を触りながら、不思議そうに首を傾げる留美子。

授業中に抜け出すなんて、初めての経験で、不謹慎《ふきんしん》だとわかっているけどワクワクする。

「なんか、解放された気分だね。授業を抜け出すなんて、私初めてだよ」

健司に襲われた事も忘れられる。

そう言わんばかりの晴れやかな表情で、両手を広げて全身に浴びる太陽の光を、気持ち良さそうに感じているような理恵。そんな理恵を見て、そっと背後に忍び寄る留美子。

何か、悪い事を考えているような表情だ。

そして……。

理恵の背後から、ガシッと胸をわしづかみにしたのだ。

「きゃっ!!　ちょっと留美子!?」

昨夜、健司に襲われたのに、留美子は何を考えて理恵の胸を？

でも、理恵は笑っていて、楽しそうにも見える。

「うわ……理恵、やっぱり大きいわ。それに柔らかい……」

そう言いながらも、胸を揉《も》むのを止めない留美子。私は、その行動に何か意味があるのだと思って、ふたりを眺めていた。

笑いながら胸を揉まれている理恵に、笑いながら胸を揉んでいる留美子。そんな光景を見ていると、自分の胸も気になって、思わず触ってしまう。

「あらあら？　明日香も揉んではしいのかな？」

理恵の胸から手を離し、私に駆け寄って、正面から胸をつかむ留美子。

「何で私まで!?　ひゃっ!!」

ぐにぐにと動く留美子の指が、私の胸の形を変える。

「明日香は弾力があるねぇ……それなりに大きいし」

ニヤニヤと笑う留美子。ここまでされると、本当にこの行動に意味があるのか疑問に思えて来る。

「明日香！　留美子の胸も揉んじゃえ!!」

そう言い、留美子をはがいじめにする理恵。

「ちょ、ちょっと!?　私はいいんだって!!　理恵、離して！」

「やだ、離さないよーだ！」

満面の笑みでそう言う理恵にうなずき、私は留美子の胸に手を当てた。

……あれ？　つかめない。

「わ、悪かったわね！　貧乳《ひんにゅう》で!!　だから私はいいんだって！」

「なんか……ごめん……」

思わず謝ってしまったけれど、こんなに笑ったのは久し振りのような気がする。

理恵も、自然な笑顔を私に向けていた。

「もう……でもさ、こんな事で笑えるならいいじゃん。笑えなくなったら……きっと私達、『カラダ探し』なんてできなくなるよ」

留美子は、そんな事を考えて、こんな馬鹿な事をしたのかな?

……それはないよね。それに、胸を揉む必要なんてないし。

胸を揉み合うなんて、馬鹿な事をして笑った後、私達は柵にもたれて、風に吹かれていた。考えるのは、「カラダ探し」の事だけ。

「ねえ、あれが旧校舎でしょ? あそこに行くには、外に出なきゃならないんだよね? だったら、『カラダ探し』には関係ないのかな?」

「昨日」の夜に話していた事だ。

留美子が指差す先には、今私達がいる新校舎になる前に使われていた旧校舎の一部がある。

「そうだよね。外に出られないんじゃ、旧校舎に行く方法なんて、ないもんね」

皆考えてる事だと思う。

外に出られる場所がどこかにあって、そこから旧校舎に行けるというなら話は別だけど。カラダを探すために「赤い人」から逃げなきゃいけないのに、さらに探し物が増えるのは勘弁してほしい。できるなら、旧校舎に「カラダ」はあってほしくないというのが本音だった。

「それに、『赤い人』が屋上に現れたって、こんな場所のどこにカラダを隠せるんだか……本当に避雷針に刺さってたり？」

留美子の言葉を、また想像してしまった。

でも、考えられる時に考えておかないと、いざ「カラダ探し」が始まってしまうと、恐怖で考えがまとまらなくなるから、今のうちに考えておくべきだと私は思っていた。

その後、私達は留美子の提案で、旧校舎に行く事に。

旧校舎は、今は農業科の実習に使われている。

ちなみに私達は普通科だから、用事がない旧校舎はおろか、工業棟に行く事すらない。今さら、だとは思うけど、「カラダ探し」が始まって五日目にして、ようやく学校の造りを調べるという結論にたどり着いたのである。

「うわぁ、やっぱ古いねぇ。それに、なんか土臭い」

旧校舎に入った留美子の第一声はそれだった。

「不気味だね、夜の校舎と同じくらい……」

私はそう呟き、旧校舎の玄関を見回した。

旧校舎、と言うよりは、農村の村役場といった雰囲気が漂っている。

「カラダ探し」の渦中《かちゅう》にいるせいか、壁のシミでさえ、人の顔に見えてしまう。

ブルッと身震いをして、私はなるべくそれらを見ないように留美子の後ろについて歩いていた。

「あ、見て見て。この部屋の中、花がいっぱいあるよ」

旧校舎の南側……ガラスで囲まれた半円形の部屋の中には、いろんな花の鉢や、プランター等が置かれていたのだ。

「うわぁ！　きれいだね。旧校舎にこんな部屋があったんだ」

理恵が目を輝かせて室内をのぞく。

「あー……やっぱり鍵がかかってるかぁ」

ドアを開けようとした留美子が、残念そうに溜め息をつく。

「カラダ探し」の時は、すべての部屋の錠が外れているけれど、やっぱり昼間はしっかり施錠《せじょう》してある。

「次、行こっか？」

そう呟いて、振り返った留美子。

だが、その表情が一瞬にして変わり……。

「キャ――――ッ!!」

旧校舎の廊下に、留美子の悲鳴が響いた。それに私と理恵も驚き、身をすくませる。

何が起こったのかわからない。けれど、留美子の表情の変化は尋常《じんじょう》じゃなかった。何か、恐ろしい事が起こったに違いない。怖くて、振り返る事ができない……。

「ちょ、ちょっと！　何で僕を見て叫ぶんだ!?　キミ達こそ授業中なのに、こんな所で何をしているんだ!?」

……え？　もしかして……先生？

そう思い、恐る恐る振り返った私が見たものは……長身で青白い顔をした、目がギョロッとした細身の男。

思わず私も、叫んでしまいそうになったけど、そこは何とかこらえる。

それでも心臓がバクバク言っている。この先生に恐怖を感じた事は確かだ。

「あ……すみません、この部屋の花が、きれいだったのでつい……」

理恵が必死にフォローするけど、それが授業をサボっている理由にならない事くらい、私でもわかる。

「んー……農業科の生徒じゃないね。まあ、本当なら、教室に戻れって言うべきなんだろうけど。とりあえず、三人で授業をサボった理由を部屋の中で聞こうかな」

そう言い、その先生は鍵をポケットから取り出して、目の前のドアを解錠した。

その部屋の中は温室になっていて、この花のために作られたであろう排水設備《はいすいせつび》やスプリンクラーが、建物の造りとはミスマッチな印象を受ける。

「うわあ。なんか、学校の中とは思えないね、植物園にいるみたい」

笑顔で花を見つめ、その花びらにそっと手を近づける理恵。

「あぁ、触っちゃダメだよ！　ここの花は、農業科の一年生が育ててるんだ。キミ達だって嫌だろ？　自分が作った物を、人に壊されるのは。デリケートな花もあるからね」

先生に言われて、理恵は慌てて手を引っ込めた。

この先生の名前は、八代友和《やしろともかず》。二十五歳独身彼女なし。ちょっと不気味なその風貌《ふうぼう》では、彼女もいないのは理解できた。

「それで？　キミ達はどうして授業をサボってるんだい？しかも、三人で……」

怒っている様子もなく、私達に優しくたずねる八代先生。

「八代先生は……『カラダ探し』って知ってますか？」

「『カラダ探し』？　僕がこの学校に通っていた時もあったなぁ、そんな怪談話。放課後にひとりでいると、『赤い人』が来るっていう話だろう？」

留美子の質問に、少し考えるようにして、八代先生は答えた。

「でもね、『赤い人』見てしまったら、校門を出るまで絶対に振り返ってはいけないよ。『カラダ探し』なんて『呪い』に、巻き込まれてはいけないんだ」

そう話すにつれ、八代先生の表情が徐々に険しくなる。

なんだろう？　このザラッとした感覚は。私達は「カラダ探し」の事しかきいていないのに、八代先生は、その先の事を言っているような気がする。

「あの……先生？　私達、『呪い』なんて言ってないんですけど」

恐る恐るたずねた理恵を、そのギョロッとした目で見る八代先生。その表情が……怖い。

「ああ……そ、そうだったね。無駄に怖がらせてしまったかな？」

ハハッと、取って付けたような笑い。

明らかに不自然な八代先生の態度に、私は首を傾げてたずねた。

「八代先生、もしも……友達に『カラダ探し』を頼まれたら、どうすればいいんですか？」

その私の質問に、八代先生は目を閉じて考え込んだ。

何を考えているかはわからないけれど、この先生は、何かを知っているかもしれない。

「……ただの怪談話だよ。そんな事が起こるわけがないだろう？　さあ、もうすぐ授業が終わって、他の先生方が戻ってくる。見つかる前にここから出ていくんだ」

そう言って、私達を部屋から出す八代先生。何か知っていたら、何でもいいから教えてほしいのに。

「八代先生、私達はもう、『カラダ探し』をさせられているんです！　何でもいいから……教えてください！」

「嘘ならやめてくれないか？　でも……もしも本当なら、今日の僕がどこにいるかはわかっただろう？　この言葉の意味もわかるはずだ」

私の言葉に、そう呟いた八代先生は、私達の方を見もせずに廊下の奥へと歩いていった。

その後、私達は八代先生の言う事も聞かずに、旧校舎のどこに何があるのかを見て回った。結局、八代先生がひとりになる時間は私達と会っていた時間だけらしく、これ以上話す事ができなかったのだ。

そして、再び屋上に戻った私達。

「旧校舎は、そんなに探すような所はなかったねぇ」

屋上の、ドアの前にある段差に腰を下ろして、私達は旧校舎での話をしていた。

「まあ、『カラダ探し』中は、行けないかもしれないしね。それよりあの八代って気持ち悪い先生だよ、何なの？　顔も発言も不気味だったよ、『今日の僕』って何よ」

留美子もやっぱり気づいている。あの先生が、何かを知っている事に。

るでしょ?」
「わからないけど、放課後にきけないかな? 八代先生が帰る時にならら、ひとりにな
「放課後かぁ……なーんか、高広が健司の家に乗り込みそうな気がするんだよねぇ」
そうか、そっちも放ってはおけない。高広はキレると、何をするかわからないくら
い暴れてしまうから、そうならないように止める人が必要なのだ。
「じゃあさ、高広を誘って八代先生の所に行けばいいんじゃないかな?」
理恵の言葉に、私と留美子は感嘆《かんたん》の声を上げた。

昼休み。

私達は、高広を屋上に呼び、午前中の事を話していた。

翔太には後で私が話すとして、高広を健司の所に行かさないために、八代先生が何
かを知っているという事を伝えて、興味を示すように。

「その先生が、何かを知ってるってのか? どうして知ってんだ?」

「そんなの知らないっての! だから、それをききたいんじゃない!」

留美子も高広も、思う事はひとつだった。

なぜ、八代先生が「今日の僕」と言ったのか。それは、私達が「カラダ探し」のせ
いで、十一月九日を繰り返している事を知っているのだ。

なぜ……それを知ってるのだろう？　率直にそう言った、高広の気持ちがよくわかる。

「八代先生は、『カラダ探し』を『呪い』だって言ったよね？　それって、一体何の『呪い』なのかな？」

皆、「そんなのわからない」といった表情で私を見る。

「カラダ探し」が「呪い」なら、それを解く方法は？　考えれば考えるほど、新たな疑問が浮かんでくる。

「その八代っつー先生よぉ、信用できるのか？　俺にはわかんねーよ。意外と、『カラダ探し』の関係者かもな」

高広言ったその言葉を、誰も否定する事ができなかった。

そして、あの時間が、まもなく訪れようとしていた。

「そろそろ、遥が来る時間だよね……」

携帯電話を開き、時間を確認する理恵。

「そういやお前ら、今日は遥に何もしないのか？　『昨日』の遥は気持ち悪かったよな。あんな姿で来られると、正直ビビるぜ」

私は、「昨日」遥が落ちた場所に目をやった。

この高さから落ちたのに、振り返ったらそこに遥がいたのだ。何をしたところで、遥は頼みにくる。

「屋上から落ちても頼みにくるんだからさ、今さら何をしてもダメな気がするんだよね」

私が言おうとした事を、留美子が言ってくれた。

「そうだよなぁ、遥の事はこの際無視するとして、学校に来てない健司の所にも遥は行くのか？」

そう、私もそれが一番気になっている事だ。もしも、それで「カラダ探し」から解放されるのなら、私も学校を休もうと思う。

そして、その時間が訪れた。

「来るぞ。今日は何もしてねぇからな。普通に来るだろ」

腕時計を確認して、高広が辺りを見回す。このドアを開けて来るのか……それとも背後から来るのか。身構えていた私達だったけれど……。

この昼休みに、遥が現れる事はなかった。

放課後が来ても、遥が私達に「カラダ探し」を頼みに来なかった。

何がどうなっているのかわからない。もしかして……と、思う事はあるけど、どれも確証は持てないのだ。

「明日香、今日は遥、結局来なかったね」

理恵が呟いた言葉に、「うん」と一言だけ返して、私は空を見上げた。

もうすぐ十七時。空もいつものように赤く染まり、本当なら訪れるはずの明日が、良い天気なのだろうなと、思いをはせる私。

「八代先生は十七時で帰るんでしょ？　そろそろ旧校舎に行こっか」

生徒玄関前の短い階段に腰かけていた留美子が立ち上がり、振り返って旧校舎の方を指差す。

「どんなやつなんだ？　八代っつー先生は。見た事もねぇぞ」

高広も立ち上がり、私達は旧校舎へと向かった。

「八代先生は……一言で言うと、不気味だよね」

「うん、不気味」

私達の会話を聞きながら、高広は必死に想像しているようだったけど、きっとその想像を超えた不気味さだと思う。

そして、旧校舎の玄関に来た時、八代先生と、農業科の田村先生が靴を履き替えている場面に遭遇したのだ。

「じゃあ八代先生、約束通り飲みにいきましょう」

「は、はい……僕でよろしければ……」

どうやら、田村先生との約束があったようで。だから八代先生は、今日は話ができないとわかっていたのだ。

「あれが八代か、想像以上に不気味だな……」

結局、私達は八代先生と話す事ができずに、帰宅する事になった。


八代先生が帰るのを見届けた後、理恵と留美子は私の家に。

そんなに大きくない部屋に三人。そこで話していたのは八代先生の事と、遥が頼みに来なかった事、そして、少しずつ「昨日」が変わっている事だ。

「どうして『昨日』が変わったのかな？　日数が経ち過ぎたからかな……」

理恵が心配するように、今日で五日目の「昨日」。

でも、それが本当に関係しているのかときかれると、私にはわからない。もしも、知っている人がいるとすれば、それはきっと八代先生だけ。

「わかんないよね。それより私は、遥が来なかったのが気になるわ。もしかして、このまま来なかったら、明日が来るんじゃない？　それってラッキーじゃん」

私のベッドに腰かけて、笑いながら話す留美子。私もそうなると信じたい。このまま何事もなく明日を迎えて……普通の生活に戻りたい。

「そうだといいけど。あ、そうだ。お風呂どうする？　留美子か理恵が先に入る？」

「私は後でいいよ」

理恵がそう言うと、留美子がニヤニヤしながら私達を交互に見た。

「どうせなら、皆一緒に入らない？　もう……明日香も理恵も揉みごたえが……」

「うちのお風呂はそんなに広くありません！　じゃあ、私が先に入って来るから、留美子は来ないでよ！」

そう念を押して、私は風呂場に向かった。そんな事を言ってても、留美子は来るんだろうな……と、思いながら。

洗面所のドアを開けて、正面にある鏡を眺めながら私は考えていた。制服をめくり、腹部を見ると、横に分断されるようにアザがある。あまり気にしてなかったけれど、頭を潰された時に付けられたアザはもう消えている。

一日や二日で消えるようなアザじゃなかったのに。きっと、「昨日」に戻る事が関係しているのだろうと思うしかない。

私は……いや、私達は何もわからないのだ。すべて、「カラダ探し」が関係している。

アザの消えた顔を触りながら、鏡を見ていた時だった。

「え？」

鏡に映る、私の背後のドアが……ゆっくりと開き始めたのだ。

そして……その隙間から、ゆっくりと現れる白い指。

慌てて振り返った私が目にしたものは……洗面所に入った時と何も変わらない、しっかりと閉じられたドアだった。

おかしいな、目の錯覚《さっかく》かな？　そう思い、ドアを開けてみると……そこには、留美子が立っていたのだ。

「留美子！　もう、おどかさないでよ!!　びっくりするじゃない！」

「わ、私の方が驚いたって！　せっかく一緒に入ろうと思って来たのに……」

「どうせ胸を揉みたいだけでしょ!?　そんなのお断り!!」

そう言って、私はドアを閉めた。

「いいじゃん、減るもんじゃないんだし！　いいよ、理恵と入るもん」

と、ドアの向こうから声が聞こえた。

服を脱ぎ、風呂場に入った私は、シャワーのコックをひねり、シャワーから最初に出る冷たい水を浴びないように、それを避けて温かいお湯になるのを待つ。

シャワーチェアに座り、水がお湯になった事を確認して、私は髪を濡《ぬ》らした。

シャンプーボトルのポンプを二回押して、髪に付けて泡立てる。

これがいつもの私のお風呂の入り方。

「まさか、本当に一緒に入ろうとしてたなんて。まだ入ろうとするんじゃないでしょうね……」

なんて、独り言を呟きながら、左瞼に垂れて来た泡を指で拭う。

すると……。


カチャッ……。


という、ドアが開く音が背後から聞こえた。

また来たよ。諦めて、ひとりで入れば良いのに。

「留美子、一緒には入らないって言ったでしょ？　それに、うちのお風呂は狭い……」

そう言いながら、振り返った私は、信じられない光景を目にした。

「ねえ、明日香……私のカラダを探して」

そこには……制服姿の遥が、私を見下ろして立っていたのだ。

「きゃあああああああっ!!」

私は、不気味な眼差しで見下ろす遥に恐怖し、シャワーチェアから滑り落ちるようにして振り返った。

ただただ私を見ている遥は、微動《びどう》だにせずに……。

そして……窓の外から聞こえる、二階からの悲鳴。理恵と、留美子のふたりの悲鳴だ。

その悲鳴と共に感じる不安、荒くなる呼吸……どうして遥がここに？　よりによって、入浴中に「カラダ探し」を頼まれるなんて。

頭の上にある泡がたれて、目に入りそうになるけど、怖くてそれどころじゃない。

泡が目にしみて、目を閉じてしまう。

慌ててシャワーを取り、顔の泡を洗い流して目を開けた時……もう、目の前に遥の姿はなかった。

「昨日」が少しずつ変化して、昼休みに頼まれた「カラダ探し」が、こんな時間に変わってしまったのだ。

「もう！　何なのよ遥！　あんた……何なのよ！」

その言葉に意味なんてない。ただ、怖くて、不安で……それを消したくて。叫ばなければ、恐怖心に押し潰されそうになったから。

こんな事なら、断らずに留美子と一緒に入れば良かったと後悔していた。

私が部屋に戻った時、留美子と理恵のふたりは、机の前で震えていた。

髪が濡れたままの私を見て、少し驚いたようだけど、私はひとりであの恐怖を味わったのだ。

遥は、確実に不意を突いてきている。まるで、私達を怖がらせて楽しんでいるような、そんな感じさえする。

「あ、明日香の所にも来たの？　遥は」

怯える留美子に、フウッと溜め息をつき小さくうなずく。

「頭を洗ってる時に……後ろにいた」

私達は、とんでもない思い違いをしていたのかもしれない。

「カラダ探し」を頼みにくるのは、学校だけだと思い込んでいた。

でもそうじゃない。噂話でもそうだけど、初日に来たメールには、「翌日」頼みにくるとしか書かれていなかったのだから。

「こっちも最悪……私が明日香の布団に入ってたらさ、いつの間にか隣にいたんだよ？　布団の中に」

気づいたらそこにいる。やはり遥は、私達を怯えさせようとしているとしか思えない。それとも、遥じゃない「誰か」が、そうしているのか。

私にはわからない。

わかった事は、「カラダ探し」の前に、私達の精神状態が最悪になったという事だけだった。

まもなく0時。私達は、今夜の「カラダ探し」で、どう動くべきかを考えていた。

探していない場所なんてまだまだあるから、どこをどう探すか、計画を立てて探さなければ、無駄に時間が過ぎてゆくだけだから。

「高広にはまだ工業棟を調べてもらう？　あ、健司がいるなら、私達と一緒に来てもらうか、健司を見張っててもらう方がいいか……」

留美子の意見に、私はどう答えていいかわからない。

一緒に来てもらう方が安全と言えば安全だけど、その代わりに、手分けして探す事ができなくなる。

それに、理恵を襲った件で、高広が健司をボコボコにしてしまうかもしれない。

どちらを取っても、何かしらの危険が付きまとうのなら、理恵の心情を優先したかった。

「私は……健司を見張っててもらう方がいいかな？　健司がどこにいるかわからないより、高広に見張ってもらっていた方が安心できるしね」

私がそう言うと、ホッとした様子の理恵。

私達と笑っていても、心のキズはそう簡単には癒《い》えないのだ。

「じゃあ、それはいいとして、私達はどこに行く？　図書室？　音楽室？」

「それより、校舎に入る前に、旧校舎の方に行ってみない？」

そうだ、校舎に入ったらドアが閉まるけど、入る前なら旧校舎にも行ける。

あの旧校舎に行くのは気味が悪いけど、私達が調べる場所は決まった。

そして、「その時」が訪れた。

0時を告げる、時計の電子音が鳴り、私達は生徒玄関の前にいたのだ。

そこにいる健司から身を隠すように、留美子の腕にしがみつく理恵。

高広は、大の字で寝ていた。

「ちょっと！　高広、起きて!!」

慌てて駆け寄り、高広の身体を揺すると、まだ眠そうな目をこすりながら、私を見た。

「ん!?　何で明日香が？　って……学校じゃねぇか!!」

何がなんだかわからないと言った様子で、辺りを見回す高広。

「高広、あんたまさか、遥が来た事に気づかなかったの？」

「ん？　やっぱり来たのか？　寝てたからわかんねぇ」

高広の言葉に、呆れたという表情を浮かべる留美子。

眠っていても頼まれた事になるのなら、その方が精神的にはいいかもしれない。

あんな頼まれ方をするくらいなら。

「今日、高広はこいつを見張っててよ。また襲われるかと思ったら、落ち着いてカラダなんか探せないから！」

健司を指差して、高広にそう言う留美子。

指差された健司はと言うと、私達に背中を向けて、ドアの前に立っていた。

「おぅ、わかった。健司には、言いたい事もあるからよ」

そう言って、高広が立ち上がると同時に、生徒玄関のドアが開いた。

そして、健司が誰よりも早く校舎に入って、走り出したのだ。

「あ、おい！　健司、待てやコラァ!!」

走って行った健司を、追いかけるように校舎に飛び込んだ高広。

「じゃ、俺は俺で探すからな」

そう言って、翔太も校舎に入っていった。

その場に残された私達は、男子が校舎に入った事を見届けてから、旧校舎へと歩き出す。

「旧校舎かぁ。あそこ、怖いんだよね。昼でも夜の校舎みたいなんだもん……」

「あー……明日香、それわかる。何かさ、古さと雰囲気が似てるんだよね。八代先生がいるからそう感じるのかな？」

もう私達の中では、八代先生が不気味の代名詞になっている。

少しかわいそうな気もしたけど、私もまだ八代先生の事をよく知らないから、何も言えなかった。

「八代先生ってさ、老けてるよね？　本当に二十五歳なのかな？」

理恵が呟いたその言葉に、私と留美子は首を傾げて考えた。

人を見た目で判断するつもりはないけど、あれで二十五歳は確かに無理がある。

「わからないけどさ、この学校の卒業生なら、昼にでも調べたらわかるんじゃない？」

留美子の言う通りだ。

調べる事は昼でもできるから、今は「カラダ探し」に集中しなきゃ。

そんな事を話しているうちに、私達は旧校舎の玄関の前に到着した。

理恵がそのドアに手をかけ、開けようとするけれど……。

「ダメだ。開かないよ、このドア」

せっかく旧校舎に来たというのに、玄関のドアは、押しても引いても動かなかったのだ。

そう。校門や、校舎に入った後の生徒玄関に張られる、見えない壁がそこにもあるように。

「あーもうっ！　また戻らなきゃならないわけ!?」

「やっぱり、新校舎とつながってないから、関係ないのかな？」

怒ってる留美子はいいとして、理恵の言う事が正解か間違いかはわからない。

新校舎を隅から隅まで探さなきゃならないのだから、それでも見つからなかった時にでも考えればいい事だ。

「とりあえずさ、新校舎に戻ろ？　ここにいても仕方ないし」

「そうだよねぇ。いるだけ無駄だよねぇ……で？　この後の事を考えてなかったけど、どこを調べるの？」

新校舎に向かいながら、私は悩んでいた。男子三人が、一体どこの教室を調べたのかがわからない。下手すると、すでに探した部屋を探す事になるから。高広にきいておけばと、「昨日」言ったばかりなのに。

「音楽室とか図書室なんて……ありそうじゃない？」

ありそうかどうかは別として、夜の音楽室になんてあまり行きたくはないけど、理恵が行くと言うなら、付いていこうと思っていた。

旧校舎を離れ、どの部屋を調べるのかを話し合いながら、新校舎に戻って来た私達。

結局、理恵が推《お》す音楽室に行く事になったわけだけれど……理恵はわかっているのだろうか？

音楽室と言えば、学校の怪談話では必ずと言っていいほど何かある、不気味な教室なのに。怖がりだからこそ、そういった話を聞かなかったのかもしれない。

新校舎に戻り、玄関の中に入ると、外よりも冷たい空気が私達の肌をチクチクと刺すように刺激する。

そして、ドアが閉まる。

いつもなら、ここまでの時間は短いけれど、今日は旧校舎に行っていたから時間がかかってしまった。

「あれ、そういえばさ、『カラダ探し』って私達が校舎に入らなくても、始まってるわけ？」

留美子の質問の意味がよくわからなかった。私達が入らなければ、始まるはずがない……あれ？

それなら、先に入った男子はどうなるのだろう？　私達が校舎に入るまで、「赤い人」は現れていないのだろうか？

「もう始まってるんじゃないかな？　全員入らないと始まらないなら、誰かがひとりでも外に残っていれば、『赤い人』が現れないって言いたいんでしょ？」

理恵が、私の抱いていた疑問を言葉にしてくれた。

「そんなに甘いわけないよね。じゃあさ、もう最初の校内放送……流れちゃったんじゃない？」

そこでやっと、留美子が何を言いたいのかが理解できた。

私達は最初に流れたであろう校内放送を聞くことができなかった。つまり、「赤い人」が、今どこにいるかがわからないのだ。

「赤い人」がどこにいるかがわからない。校内放送が流れた後なら、少しくらい時間が経っても、今どの辺りにいるという予想がつくのに。

最初の校内放送を聞き逃したかもしれないとなると、校舎内すべてが危険地帯。

それでも私達は、生産棟の三階にある音楽室へと向かっていた。

「なんで校内放送が聞こえなかったのよ。普通、外でも聞こえるでしょ……」

ボソボソと、文句を呟いている留美子。そんな愚痴《ぐち》をこぼされても。確かに、昼間なら外にいても、外のスピーカーから校内放送は聞こえるけど。

「たぶん、放送室の中の人が、外に聞こえないように操作してるんじゃないかな?」

私もなるべく小さな声で、ささやくように答えた。

「マジ最悪。もしも廊下に出た時に『赤い人』がいたら、それで終わりじゃん」

西棟の階段の踊り場で、これ以上行くのが怖いと言わんばかりの留美子。

「大丈夫だよ。『赤い人』が近づいてきたら、足音と歌でわかるはずだから」

「あ、そっか。じゃあ行けるかな?」

そうささやいて、廊下の耳を澄《す》ました留美子。

私も同じように耳に手を添えて、音に意識を集中させた。

「大丈夫……だよね?」

そうささやき、留美子が歩き出そうとした時だった。

「……もお手てもまっかっか〜」

　どこからか……あの歌が聞こえてきたのだ。

　その歌が、一体どこから聞こえているのかわからない……上？　それとも下？

「赤い人」を見てしまう前に判断しないと、私達は振り返る事ができなくなってしまう。

「ちょっと、なんでこんなタイミングで……上？　下？」

　あせりながらも、ささやく事は忘れていない留美子。

　上か下かはわからない。その低いうなり声のような歌は、本当にどこからも聞こえているようで、判断ができない。

「ふたりとも……下に戻ろ……」

　同じように耳を澄ましていた理恵が、突然一階を指差したのだ。

　どちらか判断ができないなら、たとえ山勘《やまかん》だとしても、理恵を信じよう。それで「赤い人」を見たとしても、仕方がない。

　私達は、理恵の言う通りに一階に下りた。そして、生徒玄関の前まで戻ると、その声は聞こえなくなったのだ。

「理恵、よくわかったね……」

「うん……自信はなかったけどね。声が少し反響してたから、同じ空間にいるって思ったんだ」

反響？　そんな事まで考えていなかった。

とりあえずは助かったとしても、もしも「赤い人」が二階にいたら、生産棟の三階にある音楽室に行く事が難しくなる。私達は……これからどうするかの選択を迫られていた。

「んー。どこを探せば良いんだろ？　東棟には校長室と、体育館にあったでしょ？じゃあ……西棟？」

留美子は考えながらそう言っているみたいだけど、カラダが校舎にまんべんなく散らばっているとは限らない。もしかすると、隣り合う部屋にも隠されている可能性があるのだ。

「それなら、保健室の中を探してみる？　すぐそこだし」

西棟の階段横。もしも、「赤い人」が階段を下りてきたら、私達に逃げ場はない。

でも、そんな場所にこそありそうな気がして、私はその方向を指差した。

「保健室かぁ……まあ、いいか。どうせ、いつかは探さなきゃいけないんだし」

そう言って、西棟の方に向きを変える留美子。

「あ、私はちょっと玄関のドアを見てくるね。もしかしたら、開いてるかもしれないし……」

理恵はどうしたんだろう？　なんだか、いつもと様子が違うような気がする。玄関のドアに駆け寄る理恵の背中を見ながら、私は首を傾げた。

まあ、本人が何も言わないならいいんだけど……そう思いながら、私も保健室へと向かう。

この時はまだ、理恵が何を考えてこんな行動を取ったのか、私はわかっていなかった。

保健室に入った私達は、ベッドの下や布団の中、ロッカーに校医のデスクなど、カラダが隠せそうな場所はすべて調べてみたけれど、結果はハズレ。

改めて、「カラダ探し」が難しい事を痛感させられていた。

「無いかぁ……じゃあ、次はどこに行く？　やっぱり音楽室に行く？」

ロッカーの中の物を放り出していた留美子が、溜め息をつきながらたずねる。

私としては、別にどこでもいい。そもそも夜の学校で行きたい場所なんてないのだから。

「そうだね、あれからけっこう時間経ったし……大丈夫かな？」

デスクを調べていた理恵が、顔を上げて答えた。

三人で行動しているおかげか、「赤い人」が近くにいない時は少し安心できる。

心強いと言うか、一部屋を調べる時間が短くて済むから、すぐにカラダを見つけられそうな気がするのだ。

「じゃあ……行こうか、カラダがない部屋にいつまでもいても仕方ないし」

と、私が保健室のドアに手をかけると……。


『「赤い人」が、東棟三階に現れました。皆さん気を付けてください』


校内放送が流れた。

東棟三階なら、生産棟に行くには一度、二階に下りる必要がある。

今日は……もしかして運がいいのかもしれない。

校内放送を聞いた私達は、ここぞとばかりに音楽室へと向かう。

保健室を出た私達は走った。

「赤い人」は東棟三階にいる。だったら、音楽室に来る可能性は低い。

次の校内放送がいつ流れるかわからないけれど、少なくともそれまでは安全と言えるだろうから。

西棟の階段を上がり、生産棟に向かう渡り廊下を走って、さらに生産棟の階段を上がって北側の突き当たりの部屋。そこに行くまでだと歩いても三分もかからない。

　でも、「昨日」みたいに東棟の三階からこちらを見ている可能性も捨て切れないから。私達は、窓のある場所は身をかがめて、できるだけ他の場所から見えないようにして移動していた。

「なんかさ……私達、何してるの？って感じだよね」

「でも、『赤い人』に見つかるよりマシでしょ？」

　先を行く理恵と留美子に、私はそう問いかけた。

「まあね。この雰囲気には少しは慣れたけど……死ぬのは慣れないからね」

　そんな事を話しながら、渡り廊下を抜けて、生産棟に入った私達。

　すぐそこにある階段へと向かったけど。

「あれ？」

　私は、廊下の奥の方に違和感を覚えた。

　今、誰かがこちらを見ていたような。小さく、何か黒いモノが動いたような気がして、少しの間その場に立ち止まっていた。

「明日香？　何してんの、早く行くよ！」

　ジッとそこを見ていた私に、声をかける留美子。

　その声に我に返り、階段へと歩を進めた。

あれは、誰だったのだろう？　私が見たら、身を隠したような。

一抹《いちまつ》の不安を感じながら、私は留美子達の後を追った。

生産棟の三階に上がり、北側の突き当たりの部屋へと急ぐ。思い返せば私は、「ここを調べよう」と思っても、その部屋を調べ終えた事が少ないような気がする。

皆はカラダを見つけたり、調べ終えたりしているのに。

でも……保健室を調べ終える事ができた。この調子で、音楽室も調べ終える事ができれば、また一歩、「カラダ探し」終了に近づくのだから、頑張らないといけない。

そうして、音楽室にたどり着いた私達。呼吸を整えるのも、部屋の中に入ってから。

ハァハァと、息を切らせているのは私と留美子。理恵は深呼吸で落ち着いたようだ。

「さて……と、音楽室は物が少ないから調べやすいかな？」

室内を見渡して、そう言った留美子。

確かに物は少ない。

グランドピアノと、机、椅子以外は何も置かれていないというシンプルな部屋だ。

……準備室を除けば、の話だけれど。

「ピアノのふたの中に入ってる……わけないよね」

独り言を呟きながら、グランドピアノに近づく留美子。

「留美子、それは『屋根』って言うんだよ。大屋根とか、天屋根とか言われてるけどね」

クスクスと笑いながら、理恵もグランドピアノに近づいた。

「ふーん……そうなんだ？　ま、何でもいいよ。早く探そ」

そんな事に興味はないといった様子で、理恵と一緒に屋根を上げた留美子。

私は机の方を探そうと、歩き出したその時だった。


カチャッ……。


音楽室のドアが……ゆっくりと開いたのだ。

そして、ドアが開き、ゆっくりと入って来る人影。

それに気づいた留美子と理恵は、支えていたグランドピアノの屋根から手を放して……ゆっくりと後退した。

私も慌ててふたりの方へと走る。

どうやら、「赤い人」ではないようだけれど。暗闇の中、留美子がグランドピアノを見るのに使っていた携帯電話の明かりを、その人影に向けた。

するとそこには。

「健司!?　あんた、なんでここに……てか、高広はどうしたのよ!!」

携帯電話の明かりに照らされた健司の手には包丁が握られていて、その服と包丁には、血が付着していたのだ。

それは、「赤い人」にしがみつかれて付いた血ではない。見た事がないからわからないけど……返り血。その言葉が、私の脳裏をよぎった。

と、なると……この血は。

「健司……あんたまさか、高広を？」

私の言葉に、何の反応も示さずに、ジッと理恵を見詰めたまま、ゆっくりと歩を進めた。

「な……なに考えてんのよ!!　あんた本当に高広を!?」

「うるさい、黙れ!!　どうせ死んだら、『昨日』戻るんだろうが！　いつになったら明日は来るんだよ？　いつになったら……『カラダ探し』が終わるんだよ！　後何回死ねばいいんだ!?　もう、嫌なんだよ!!　わけのわからないやつが俺の中に入ってくるんだ!!　俺が俺じゃなくなるんだよ!!」

狂ったように包丁を振り回して、私達に近づいて来る健司。

私達は三人でいたから、精神的にも持ちこたえていられたけれど……健司は、きっと耐えられなかったのだ。

「理恵……俺と一緒にいてくれ……ずっと一緒に」

涙を流しながらそう言った健司が、不気味に理恵に歩み寄る。

時おり、健司の雰囲気がガラリと変わったような気がすることがあり、包丁を持つ手はブルブルと震えていて、「赤い人」とは違った恐怖を感じる。

「理恵が……あんたなんかと一緒にいるわけないでしょ!! 理恵を襲って、高広まで刺したんじゃないの!? あんたなんか……」

健司に詰め寄り、胸をドンッと押した留美子だったが……その行動は、軽率だったのかもしれない。

私の角度からは、何が起こったのかはわからない。

けれど、目の前でゆっくりと床に倒れる留美子の背中を見て、悲しくなった事は覚えている。

横たわる留美子の身体から赤い液体が流れ出ているのが、携帯電話の画面の明かりでわかった。健司が……留美子まで手にかけたという事を、そこでやっと理解できたのだ。

もだえ苦しむ留美子と、笑い続ける健司を前に、私は身動きすら取れずに。ゆっくりと歩みよる健司を前に、私は何もする事ができずに、鋭くとがった包丁の先端を目で追うだけ。

「俺は理恵がいてくれたら……それでいいんだ……他は何もいらない……」

昔から健司は、考え込むタイプだった。

「カラダ探し」なんかさせられて、ひとりになって。

「昨日」の夜には、理恵を襲おうとして、そして「赤い人」に殺された。学校を休んで、ひとりで考え込んで……精神状態が悪化したのだろう。

そう考えると、私の目から涙があふれた。

健司の身体が、私の身体に触れ、その手に握られた包丁が、私の腹部に侵入する。

お腹の中の、冷たい異物を感じながら、身体から力が抜けて行く感覚に震える……。

私の腹部に刺された包丁がスルリと抜けて、私は床に倒れた。

「かはっ……理恵……逃げ……」

腹部を押さえながら、理恵の方を向いて私は呟いた。

痛いのに、意識はしっかりしていて苦しい。留美子もこの苦しみを感じているのかな……。

さっきまで唸っていたけど……その声も聞こえなくなった。

激しい痛みが身体中を駆けめぐっているみたいで。手で押さえている腹部から出る、ぬるい液体が止まらない。

「理恵……これで誰も邪魔しないよ……俺、ずっと理恵の事が……」

私を刺した後、包丁を床に投げ捨てた健司が、そう言いながら理恵を抱きしめた。

健司が理恵を好きだった事は知ってる。だから、翔太に怒った時も、自分の事ではなく理恵の事で怒ったんだとわかっていた。

でも、理恵の事が好きなら、どうして守ろうとせずに襲ったの？

痛みに耐えながら、理恵を見守る事しかできない。

「私も……健司は好きだったよ……好きだったから……あんな事をされたのはショックだった」

理恵が怒ってる。声が震えているけど……恐怖した時の震えじゃない。

「留美子も明日香も、ごめんね……また、朝に話すから」

一体……何を言っているの？

ダメだ……血が止まらなくて……頭が……。

「でも、もうあんたなんか大っ嫌い!!」

そう叫んだ理恵は、健司に背中を向けた。

私が意識を失う前に聞いた言葉……。

「ねぇ……赤いの、ちょうだい」

そして、理恵の血で赤く染まった私の視界……。

後は、何がどうなったのかわからずに……私はゆっくりと目を閉じた。

六日目

また、「昨日」の朝が訪れた。

理恵は……どうなったのだろう？　なぜ、理恵が振り返って「赤い人」が来たのだろう？　どこかで「赤い人」を見てしまったのかな？

そういえば、昨夜の理恵は、どこかおかしかった。

保健室に行く時に、わざわざ玄関のドアを確かめに行ったり、音楽室に着くまで前しかみていなかったり。どうして玄関のドアを？　考えれば不自然だ。

もしかして、「赤い人」をこの時点ですでに見ていたんじゃないだろうか？

だから、振り返らずに玄関のドアを経由して廊下に戻ったんだ。

そこまでで、「赤い人」を見た可能性がある場所はと言えば……。

「……階段だ」

そう呟きながら、私はベッドの上で目を開けた。

旧校舎から戻る時かな？とも思ったけど、階段で歌が聞こえた時には振り返っていたから。たぶん、その時に上を見て、「赤い人」の一部分でも目にしてしまったんだと思う。

それにしても、健司の精神状態があれほどひどかったなんて、考えもしなかった。

もともと無口だから、何を考えているかわからない所はあったけど……だからと言って、皆は許さないだろう。

私だって、さすがに許す気にはなれなかった。

学校に行く準備をして家を出た私は、「昨日」と同じように玄関先で待つ高広に気づいた。

昨日、高広に健司の見張りを頼まなければ、高広が死ぬ事はなかったかもしれない。

そう思うと、声をかけるのも、なんだか気が引ける。

「あの……高広、おはよ」

「お、おう……」

そんな短い会話を交わして、私達は学校に向かって歩き出した。

会話もないまま、ずっと歩き続けるのは……正直気まずい。

かといって、あいさつの後から何も話していないから、完全に話すタイミングを失ってしまった。昨夜の健司の事、八代先生の事、私と留美子が殺された事。

話す事はいっぱいあるのに、高広が怒るかもしれないと思うと、なかなか話を切り出せない。

そんな事を考えているうちに、留美子が気だるそうな表情を浮かべながら、私達と合流した。

「留美子……おはよ」

「あ、ふたりともおはよー……ってか、高広！　あんたなんで健司をしっかり見張ってなかったの!? おかげで私、健司に殺されたんだよ!! もしかしたら、理恵なんて犯されたかもしれないのに!!」

顔を会わせると同時に高広に突っかかる留美子。

「それは……大丈夫だよ。でも、私も理恵も、死んじゃったけどね」

私が言ったその言葉で、明らかに高広の表情が変わった。昨夜、留美子が殺されてからの事、私が刺されて、そして理恵が振り返ったら「赤い人」が現れた事を話す。

なぜ、「赤い人」が現れたのかは、私の推測を混ぜて。

「はぁ……理恵もやるねぇ。『赤い人』を利用するなんて」

留美子の言うように、理恵は「赤い人」を利用して、健司を拒絶《きょぜつ》してみせたのだ。

もしも「カラダ探し」をさせられる前に、普通に告白していれば、理恵だって断らなかったはず。そうなっていれば、健司の精神状態も悪くはならなかったかもしれない。

「健司は、俺だけじゃなく、明日香まで殺したのか……そうか」

怒りに顔をゆがませ、プルプルと拳《こぶし》を震わせる高広。

やっぱり、高広も殺されていたんだ……。

「ま、どうせ今日も学校には来ないんじゃないの？ だから高広、あんた今夜こそはしっかり見張っててよね！ 仲間に殺されるかもしれないなんて、最悪だし！」

「ああ、健司は……ぜってぇ許さねぇ！」

留美子の言葉で簡単に操られる高広。

今まで文句を言っていたと思ったら、上手く他人の事に置きかえて文句を言っている。

高広も単純だから、すっかりそれに騙《だま》されるのだ。

もうすぐ理恵とも合流する。昨夜の事を気にしていないか心配だった。

「皆、おはよう。あの……私のせいで、ごめんね」

通学路のいつもの場所で、理恵が私達を待っていて、やっぱり昨夜の事を気にしている様子で謝ってきた。

「おはよー。あれは理恵のせいじゃないじゃん。理恵が謝る事ないよ」

少しうつむいている理恵に、笑顔で答える留美子。高広に対する態度とは、えらい違いだ。

理恵を責める理由はないけど、高広を責める理由だってないはず。

「理恵、俺が健司に殺されたのが原因だ……すまん」

「た、高広は悪くないでしょ。私がいたから、皆に迷惑かかったわけだし」

頭を下げる高広に、驚いた様子で答える理恵。

「まあ、誰が悪いって、健司が悪いんだからさ。翔太にも教えてあげないとね」

健司があんな事になってしまったのだから、ずっとひとりでいる翔太だって、いつ精神状態が悪くなるかわからない。ひとりでいるよりも、皆といる方が安心できるのだから。

「んー……翔太の事はもう、明日香に任せるよ。健司がした事と比べたら、翔太が可愛く思えてきたし」

頭をかきながら、溜め息をつく留美子。翔太が素直に話を聞いてくれるとも思わないけど、これ以上敵を増やしたくない。

私はそう思っていた。

学校に着いてすぐに、私は教室に走った。

そういえば「昨日」、翔太にも八代先生の事を話そうとして忘れていたから。

教室に入って、椅子に座っている翔太に歩み寄り、私は声をかけた。

「翔太、おはよう。ちょっと話があるんだけど、いい？」

「明日香おはよう。話って何だ？」

良かった、まだ翔太は大丈夫みたいだ。

内心、どう思っているかはわからないけれど、少なくとも私の目には普通に見える。

「ここじゃあ、翔太も話しにくいでしょ？　ちょっと場所変えようか」

廊下の方を指差して言った私の言葉に、怪訝な表情で首を傾げる翔太。

「何だ？　もしかして、健司の事か？」

それでも、椅子から立ち上がり、私の後についてくる。

「それもあるんだけどね。他にも教えておきたい事があるんだ」

健司が、『カラダ探し』中とは言え、私達を殺したと知ったら、翔太はどう思うだろう？

私ができる事なんて、たかが知れてる。もしかすると、何もできないかもしれない。でも、翔太まで健司のようにはなってほしくないから。なんとか協力して、「カラダ探し」を終わらせたいと思っていた。

翔太を連れて、一階の、保健室の先にあるドアから外に出た私。

こうして、翔太と誰かが、ののしり合う事なく話ができるのは、ずいぶん久し振りに感じる。それがなんだかうれしくて、私は知らずに笑顔になっていた。

「どこまで行くつもりなんだ？　そんなに人に聞かれたくない話なのか？」

気づけば、旧校舎に向かう道にいる。どこに行くかなんて決めていなかったから。

「あぁ……そうだね。どこかに座ろうか」

辺りを見回して、私が指差したのは、外から工業棟の二階に行く事ができる階段。

そこにふたりで座って、何から話そうかと考えていた。

「それで？　話ってなんだ？　健司の事なんだろ？」

「あぁ……うん。理恵が襲われたって言ったじゃない？『昨日』の『カラダ探し』でも、健司が理恵を襲おうとしたの」

私の言葉に、眉をひそめた翔太が、少し考えた後に口を開いた。

「高広が見ていたんじゃないのか？　まさか、見失ったとか？」

「違うの、高広は健司に殺されたんだよ。留美子も、私もね」

冷静に話をしていた翔太も、さすがにこれには驚いたようで、上の段に座っている私の顔を、振り返って見つめた。

「殺された？　どうやって……」

「包丁を持っていたから……生産棟の職員室でも入ったのかな？」

詳しく聞いたわけじゃないから、私にもわからない。

でも、それだけの話でも翔太は、衝撃を受けたようだった。健司の凶行《きょうこう》と、理恵が振り返った事を話すと、翔太は頭を抱えてうつむいた。

何を考えているのかはわからない。

もしかすると、自分が最初に、輪を乱す行動を取らなければ……なんて事を考えているのかもしれない。

「それで？　明日香は、俺も健司みたいになるんじゃないかって思ってるのか？」

「え!?　あ……うん。それもあるけど。翔太も皆と協力してくれたらなって」

思っていた事を先に言われると、なんだか不意打ちをくらったみたいだ。

でも、そう思ってくれてるって事は、翔太も少なからず考えているのだと思う。

「明日香、疲れないか？　そうやって人の間に入って、仲直りさせようとか考えるのは」

それはどういう意味なのだろう。

確かに、これ以上、分裂しないように、皆をつなぎ止めようとしてたけど……翔太の目には、私がお節介みたいに映っていたのかな？

「悪い、こんな言い方じゃあ、明日香も誤解するよな？」

そう呟き、フウッと溜め息をつく翔太。

誤解？　翔太の言葉は、そのままとらえてもいいくらい、的確に私の行動を示しているのに。

でも、この後の言葉で、誤解していたのは私達の方だったのかもしれないと、考えさせられる事になった。

「誤解ってどういう事？　翔太の言う通りだと思うんだけど」

「そうだろ？　そのままの意味で取られるから、誤解されるんだよな」

回りくどい……言葉の本当の意味を理解しろとか言われても、そんなの無理だよ。

翔太は頭がいいのに、他の人の理解力も考えずに、結論だけを言う癖がある。

過程を話してくれないと、わかるはずないのに……。

「俺さ、三日目に、ひどい事を皆に言っただろ？　俺の方が頭がいいとかさ……」

そういえば、その会話が元で、翔太が「赤い人」に追いかけ回される事になったのだから。もう、何日目とか……正直わからなくなってきた。

「それなのに俺は、まだカラダをひとつも見つけていないんだ。棺桶に納めるどころか、触りもしていない。なんか、合わせる顔がないじゃないか」

翔太は、そんな事を気にしていたの？　誰が見つけたとか、関係ないし、どうでもいい事じゃない。

「カラダ探し」を終わらせる事が先決なのに。

「だから、俺はカラダを見つけるまでは、ひとりで動く。おっと、皆と一緒にいるのが嫌なわけじゃないぜ？　そうだな……男の意地ってやつだ」

高広が、三日目の「カラダ探し」で、どうして危険だとわかっていながら生産棟に向かったのか。私はあの時、意地を張っていると思ったけど……あれも男の意地ってやつなんだなと、今わかった。

単純な意地っ張りと、複雑な意地っ張り。私は思わず、フフッと笑った。

男の意地というやつを、翔太に聞かせてもらった私は安心していた。

翔太も、喧嘩をしたくて高広と衝突していたわけじゃないとわかったから。

その後の話は簡単に済ませた。八代先生の事は、私が言うよりも、直接会った方がいいと思う。

三限目の途中、八代先生は旧校舎の温室に行く。そのわずかな時間だけ、話ができるのだ。

そんな事を考えながら、教室に戻った私と翔太。

留美子と理恵が、待ち構えていたかのように、私に駆け寄った。

「翔太は何て言ってた？　また喧嘩にならなかった!?」

「留美子じゃないんだから……明日香なら喧嘩にはならないよね？」

留美子も理恵も、翔太の事をやっぱり気にしていたのだろう。

翔太の言う通り……私は皆のつなぎ役なんだなと思った。

「喧嘩になるわけないじゃん。私達と一緒に八代先生の所に行くって。まあ、『カラダ探し』は、やる事があるから、しばらくひとりで動くらしいけど」

「ふーん。よくわかんないけど、話がまとまったならいいか。でも、今度は翔太が襲ってくるとかないよね!?」

そんなに気になるなら、自分できけばいいのに……なんて、私は余計な事は言わなくてもいい。

今は、八代先生に会った時に何をきくべきなのか……それを考えなければならないから。

あれから、八代先生に会う時間まで、質問をずっと考えていた。

八代先生は、どうして『カラダ探し』を「呪い」だと言ったのですか？

八代先生は、その「呪い」を知ってるのですか？

なぜ知ってるのですか？

結局、「呪い」という言葉から離れる事ができない。

一番に私達が知らなければならない事は何か。それは、なぜ八代先生は、私達が「昨日」を繰り返している事を知っているのか。それが一番気になる事だ。

すでに旧校舎で待機していた私達は、職員室から八代先生が出てくる時を待っていた。

「本当にあの不気味な先生が、『カラダ探し』の事を知ってんのかよ？」

待ちくたびれたといった様子で、高広が私にたずねる。

「うん、絶対に何か知ってるはずだよ。じゃないと、『昨日』が繰り返されてるって知ってるはずがないもん」

私の言葉に、賛同する留美子と理恵。

でも、翔太が、不安にさせる事を口にしたのだ。

「明日香は、その八代先生を味方だと思っているかもしれないが……もしも、『カラダ探し』をさせている側だったらどうする？」

それはわからない。

だからこそ、きかなければならないのだ。

そして、職員室から八代先生が出てきた。

でも、まだ私は悩んでいた。八代先生に、どう声をかけるべきなのかを。

一から説明しなくても、理解してくれるためには、どう話を切り出せば良いか。

目の前に迫る先生を見ながら、その言葉を必死に探した。

「うん？　キミ達は……農業科の生徒じゃないね。もしかして、サボりかい？」

八代先生が、その不気味な顔を私達に向ける。必死に言葉を探しても、私なんかが思いつくはずもなく。「昨日」という言葉に賭《か》けてみるしかなかった。

「えっと、『昨日』の先生に、同じ時間にここに来るように言われました……意味はわかりますよね？」

私がそうたずねると八代先生は驚いた様子で、ギョロっとした目をさらに見開いて私達を見た。

「キミ達は……あれに関わってしまったのか？　僕はどこまで話したのかな？」

良かった。やっぱり、「昨日」という言葉が重要だったんだ。

「いえ、まだ何も。『カラダ探し』の事を『呪い』と言っていました」

「そうか……じゃあ、僕に会うのは『昨日』が初めてだったわけだ」

私の言葉に、まったく考える素振りも見せずにそう答えた八代先生。

まるで、すでに答えを用意していたかのように……。

「八代先生。あなたはなぜ、今日会うのが二日目だとわかったんですか？　まるで、俺達が現れる事を知っていたかのように……」

今まで黙っていた翔太が、八代先生にそうたずねた。こういう話なら、私よりも翔太の方が向いているかもしれない。

「僕はね、決めているんだよ。僕の容姿がこんなせいか、興味本意で僕に、『カラダ探し』の事をきいてくる生徒がいるからね。だから、初日は必ず知らないフリをしようってね」

「……そして、先生を訪ねて来た生徒が本当に、『カラダ探し』をさせられているという判断をするために、『呪い』なんて言葉を使ったわけですね？」

「初日の生徒には、その種明かしはしないはずだけどなあ……キミはなかなか鋭いね」

ふたりだけでわかる話をされても……言ってる事はわかるけど、頭の中でまとめる事ができない。

「高広、話わかる？　私はさっぱりなんだけど……」

「俺にきくな！」

留美子と高広なんか、理解しようとさえしていない。まあ、後で翔太に説明してもらえばいいよね、私達でもわかるように、簡単に。

「それで……先生はどうして『カラダ探し』の事を知っているのですか？」

翔太が八代先生に、そうたずねたけれど……。

「そんな事よりも、『カラダ探し』の事をきくべきじゃないか？　僕の事をきいても、仕方ないだろう？」

と、まるで逃げるかのように、翔太の質問に答えた。

「関係ない事はないでしょう？　先生がなぜ、この事を知っているのか……俺達にどう関わっているのかを知る事は、重要な事だと思いますが」

「どうもこうもない。僕はキミ達とは何も関わっていないさ。それよりも、僕もこれからやる事がある。ゆっくり話す事はできないみたいだから、『小野山美子《おのやまみこ》』を調べて、『今日』のこの時間に来なさい」

そう言い、八代先生は職員室へと戻っていった。温室の中を、ドアのガラス越しに少しのぞいただけで。

結局、私には何がどういう事なのかわからない。

「翔太、どういう事なの？　説明してくれない？」

「そうだな……先生が何か知っているという事はわかった。でも、なぜかという部分は、皆も聞いた通りわからない」

つまり、それは何もわかってないって事？

じゃあ、今の話は一体何だったんだろう。

「でも……先生は、どうして俺達が『二日目』だとわかったかって謎は解けたけどね」

それは、重要な事なのだろうか？

まあ、理由は知りたいけれど。

「謎ってなんだよ？　そんなのあんのか？」

高広の質問に、翔太は目を閉じて、少し考えた後、口を開いた。

「わかりやすく言えば……DVDだな」

翔太がまた、結論だけを言った。

DVDだと言った、翔太の説明はこうだった。

先生がどうして「カラダ探し」を知っているかわからないけど、「カラダ探し」に関する情報を持っている。

だから、もしも「カラダ探し」をさせられている生徒がいた時に、その情報を教えるため、特別な言葉を会話の中に入れているらしい。

初日は「呪い」、二日目は「小野山美子」というように。

DVDとたとえたのは、チャプターごとに区切られていると言いたかったようだ。

八代先生が、「この言葉を言った生徒がいたら、ここまで話をしよう」と決めていれば、先生にとって初対面の生徒でも、次に話す事がわかるというのだ。

毎回全編再生ではなく、特別な言葉でチャプター再生になる。

情報がDVD－ROMで、先生はプレーヤーだと言われて、やっと頭の中で整理する事ができた。

「で？　DVDってのはわかったけど、『小野山美子』って誰よ？」

先生と話をした後、屋上に移動した私達。

翔太の話は疲れる……と言わんばかりの表情を浮かべながらも、留美子がたずねた。

「八代先生が味方なら、きっと『カラダ探し』に関係してる人だろうな。でも、先生が、『させている側』だった場合……意味なんてない、ただ適当な言葉を言ってるだけかもしれない」

結局、どちらにしても「小野山美子」の事は調べなければならない。

もしも、その人物を見つける事ができれば、八代先生が敵か味方か、わかる気がしたから。

四限目が始まり、先生達に見つからないように移動した私達は、図書室で調べものをする事になった。

西棟と東棟をつなぐ、南側の二階の渡り廊下。その中間にある図書室には、卒業アルバムがある。それを手分けして「小野山美子」という名前を調べてみたけど、卒業生の中にその名前はなかった。

「無いな……調べろって、一体どう調べればいいんだ？　俺達は『小野山美子』の顔も知らないのに」

頭を抱えて、テーブルに伏せる翔太。髪をグシャグシャにかき乱して。

「あんたがさっき言ってたみたいに、適当な言葉を言われただけなんじゃない？　やっぱり……」

調べる事に飽きたのか、漫画を読み始めた留美子。

高広はと言うと……陽当たりの良い席で、眠りについている。

「理恵、何かあった？」

「んー、これといって無いかな？」

私達もこんな感じで、人探しも暗礁《あんしょう》に乗り上げている。そんな雰囲気が漂っていた。

「もしかしたら、この学校とは関係のない人じゃないのか？　だとしたら、図書室なんかじゃダメだ……」

「『カラダ探し』に関係してるなら、学校の関係者じゃないの？　そうだと思ったんだけど」

そうたずねた私を見もせずに、変わらず机に伏せたままの翔太。

そして、突然立ち上がると私と理恵を見て。

「俺、市立図書館に行ってくるわ」

そう呟いて、図書室を出ていった。

私達は、あまりに突然の翔太の発言に、何も言えないまま、その背中を見送るしかなかった。

翔太が図書室を出て行って、それから学校に戻る事はなかった。

放課後になり、私の家には「昨日」と同じように理恵と留美子が。

皆、平静を装ってはいるけど……精神的にかなり疲れている事が、留美子を見ているとわかる。

私の部屋に入るなり、ベッドに横になる留美子。そして、私と理恵を無視して、スースーと寝息を立て始める。

「疲れてるね……やっぱり」

理恵が溜め息をついて、床に腰を下ろした。

「そりゃあね。何回同じ日を繰り返してるか……私だって疲れるよ」

椅子に腰かけて、私もフウッと溜め息をつく。

もう、私も頭が痛い。「カラダ探し」の事に健司の事、八代先生の事、そして「小野山美子」の事。いろんな事がありすぎて、何から考えるべきなのかわからない。同じ日を繰り返しているのに、問題は増えていくだけ。

「何も考えずに、私も眠りたいよ……留美子みたいに」

そう呟きながら、ベッドの上で気持ち良さそうに眠る留美子に目をやる。

「翔太から連絡ないね。やっぱり、わからないのかな？　『小野山美子』の事」

理恵が言うように、図書館に行った翔太が気になる。考える事なら、私よりも翔太の方がいいから。私達は、翔太からの連絡を待つしかなかった。

その後、夕食までの間眠り、食事をとった私達は部屋に戻った。遥が来るまでは、まだ一時間ほどある。

時計を見た後に、机の上に放置してあった携帯電話に視線を移すと……。

誰からか着信があったのか、ピカピカと光っている。「昨日」のこの時間には、誰からも着信はなかった。

そう思い、携帯電話を開いてみると、そこには「翔太」の文字。

図書館で調べて、何かわかったのか、それともわからなかったのか。

「翔太から着信があったみたい、ちょっとかけてみるね」

理恵と留美子にそう呟き、翔太に電話をかける。コール音が二回……そして、すぐに翔太が出た。

「翔太？　何かわかったの？」

『明日香、わかったぞ！　「小野山美子」の事が！　けっこう時間がかかったけどな』

「ホントに!?　それで……『小野山美子』ってどんな人なの？」

理恵と留美子に、指で丸を作り、私は椅子に腰かけた。

八代先生の言った「小野山美子」という人物が、「カラダ探し」にどう関わっているのか、それがわかるかもしれない。

『「小野山美子」は、当時十一歳、五十年以上前に……死んでいた』

翔太が言ったその言葉に、私は息を飲んだ。

そして、脳裏に、あるビジョンが浮かんだのだ。

「小野山美子」が十一歳の少女。小学生で、しかも五十年以上前に死んでいるのなら、図書室の卒業アルバムを調べても載っているはずがない。そして、小学生くらいの少女と言えば……。

「赤い人」と、「小野山美子」がどうしても結び付いてしまう。

「ねえ、翔太……もしかして『小野山美子』が、『赤い人』なんじゃない？」

顔がわからないから、はっきりとした事は言えないけど、「カラダ探し」に関係する少女なんて、「赤い人」しか思い浮かばないから。

『いや、わからないな……「赤い人」の顔を、はっきりと見た事がないから。メールで送るから確認してくれないか？』

「うん、わかった……じゃあ、一回切るね」

そう言い、通話を終了させた。

「明日香、翔太は何だって？」

私がたずねた「赤い人」という言葉が気になるのだろう。留美子が、心配そうな表情で私を見つめている。

「『赤い人』かどうかわからないから、メールを送るって」

そう話していると……メールの着信音が鳴った。

そして、画像が添付《てんぷ》された、そのメールを開いた私達が目にしたのは……当時の新聞を写した物だった。

その写真は、当時起こったバラバラ殺人事件の新聞記事を写した物だった。

被害者は「小野山美子」十一歳。

遺体は、当時建設中だった高等学校の校舎に、隠されるようにして散らばっていて

ズッ
赤い…人？
ゾク
ゾク
小野山美子

……犯人と思われる人物は、近くの雑木林で首を吊《つ》って死亡していたと、翔太のメールに追記されていた。殺人の動機も、なぜバラバラにしたのかも不明。

そして、その少女の写真は……粗《あら》かったけど、どことなく「赤い人」に似ているという印象を受けた。

「留美子、この子なんだけど……どう思う？」

翔太から送られて来たメールの画像を、留美子と理恵に見せる。

すると、ふたりとも目を細めたり、画面から離れて見たりして、口を開いた。

「……これ、『赤い人』だよね？」

「うん、私もそう思う……」

私達全員が、「赤い人」だと判断したその時だった。

「えっ!?」

その画面を見ていた理恵が、驚きの表情を浮かべる。理恵に続き、留美子も短い悲鳴を上げた。

「ちょっと、明日香……あんた、何もしてないよね!?」

「な、何が？　私が何を……」

そう言いながら携帯電話の画像を見て、私は恐怖した。

無表情だった少女の写真が赤く染まり……こちらを見て笑っていたから。

その少女のあまりの変貌《へんぼう》ぶりに、思わず手を離してしまい、携帯電話が床に落ちる。

「何なの？　今の……」

そう呟いた後、ゴクリと唾をのむ。

私自身で言った事だけど、ここまで来たら、皆わかってると思う。

「小野山美子」が「赤い人」なのだという事を。

「何って、どう見ても『赤い人』だよね？　それ以外に考えられないって……」

留美子が、床に落ちた携帯電話を閉じようと、手を伸ばして答える。

「そうだよね。『小野山美子』が、『赤い人』なら……八代先生は、これを知ってて私達に教えたんだよね？」

どうしてそれを知っていて、私達に調べさせたんだろう……。

何か釈然《しゃくぜん》としないものを感じるけど、ひとつの謎が解けた。

「回りくどいっての！　わかってるなら、ストレートに言ってくれればいいじゃん」

携帯電話を拾い上げ、私に手渡す留美子。

「そうだけど。でもさ、翔太とまともに話したの……久し振りだよね？」

理恵が言った言葉に、うなりながら考える。

そういえば……朝に、皆に合わす顔がないって言っていた翔太が、いつの間にか輪の中にいた。「カラダ探し」ではひとりで動くのだろうけれど……一度はバラバラになった皆が、元に戻りつつある中で、健司の事だけが気かかりだ。

そしてもうひとつ……遥が来る時間が、迫っていたのだ。

時計は間もなく、遥が来る時間……二十一時。

高広が寝ていて気づかなかったと言うなら、目を閉じて、耳をふさいでいれば大丈夫かもしれない。どうせ、「カラダ探し」をさせられるのだから、遥を見て、精神状態が悪くなる事だけは避けたい。

私達は、三人で布団に潜って、その時が経過するのを待っていた。

目を閉じていれば何も見えない。耳をふさいでいれば何も聞こえない。胸がドキドキする。こうしてから、何分経過しただろう。目を閉じているから、時計も見る事ができない。遥が怖い……来てほしくない。

「カラダ探し」をするんだから、もう頼みに来なくていいじゃない。

どうしていつも来るの？　これも八代先生が言っていた「呪い」なの？　こうしているだけでも、精神状態が悪化しそうだ。

そんな事を考えていた時だった。

「明日香、もう大丈夫みたいだよ」

理恵のその言葉に、私はフウッと溜め息をついて、布団をめくり上げる。

ふたりとも、同じように起き上がって、私は理恵の肩を叩いた。

「もう……どうして大丈夫だってわかったの？　もしかして時計を見た？」

フフッと笑う私を見つめて、理恵が青ざめた表情で首を横に振った。

「それ、私じゃない！　私は留美子に言われたから……」

その言葉の意味に気づいた時には、もう遅かった。

耳をふさいでいたのに、理恵の声があんなにはっきりと聞こえるわけがない。


「ねえ、皆……私のカラダを探して」


ベッドの枕付近に座ってこちらを見ている遥が……私達にそう言ったのだ。

遥が現れて、しばらく放心状態だった私達。まさか、騙すなんて事をしてくるとは思わなかった。高広は、こんな状況でも眠っていたのだろうか……。

だとしたら、鈍感にもほどがある。

「はぁ、いつまでこんな事が続くんだろ……」

ガックリとうなだれて、留美子が愚痴をこぼす。

そんなの、「カラダ探し」が終わるまで続くとしか言えないよ。

「今日は……どこに行くの？　また、音楽室に行く？　『昨日』は、全然調べられなかったし」

遥に驚かされて、すぐに考えなければならない。こんな状態で、考える事なんてできるはずがないのに。

「じゃ、玄関が開いたら音楽室にダッシュね。私、それまで寝る。もう疲れた……」

そう言い、留美子が倒れるように横になった。

私も眠りたい……眠る事で、少しでも精神を落ち着けたい。

「じゃあ、私も寝る……理恵も寝ようよ。嫌な事は忘れてさ」

「そうしようかな？　ちょっと狭いけど」

いくら皆が細身とはいえ、シングルベッドに三人はきついかもしれない。

それでも、朝まで寝る必要がないのだ。目を開けたら、「カラダ探し」が始まる。

それまで……少し身体を休めるだけだから。


「おい、皆起きろ！　始まるぞ！」

その声と、身体を揺すられて、私はゆっくりと目を開けた。

目の前には翔太の姿。そして、地面に座り込む健司の後ろ襟をつかんで立つ高広という、今までにない光景。

「あ！　翔太に返信するの……忘れてた」

あの恐怖画像を見て、すっかり報告を忘れていた。

「ん？　ああ、どうせ『カラダ探し』の時に聞けると思ったから、気にしてなかったけどな。で？　どうだった？」

理恵と留美子の身体も揺すりながら、私にたずねる翔太。

「やっぱり、『小野山美子』が『赤い人』だった。間違いないよ！」

理恵と留美子が、周囲を見回しながら起き上がる。

翔太に、メールが来てからの画像の変化を話しながら、玄関のドアが開く時を待っていた。

「あの画像が真っ赤に……か。少女がバラバラにされて隠されたのは、建設中だったこの学校に間違いないな。今でも『小野山美子』の怨念《おんねん》が生きているんだろう」

正直、そんな話は聞きたくなかった。

「カラダ探し」を終わらせた後も、学校生活を送らなければならない私達は、知らない方が幸せだったかもしれない。

「高広！　今日はしっかりそいつを押さえててよ！　もう殺されるのは嫌だからね！」

留美子の言葉に、「おう」と、高広が返事をしたその後に……玄関のドアが、ゆっくりと開いた。

高広に健司の事を任せて、私達は「昨日」と同じ音楽室へ。西棟の二階で翔太と別れ、生産棟に向かう渡り廊下に出る。

「校内放送が流れる前に、音楽室に行こうと思ったけどさ……校内放送を聞いてから移動した方が良かったかな？」

留美子がそう言う間にも、生産棟に入って、すぐそこにある階段に差しかかった。

「わかんない。最初の校内放送が、生産棟の三階だったら嫌だよね……」

理恵、そういう死亡フラグ立てるのやめてくれないかな……大体、そんな事を口に出してしまうと、本当に現れちゃうんだから。

そんな事を思いながら到着した生産棟の三階。後は突き当たりまで一直線に走ればいいだけだ。

「もう、それは運だよね……放送室の中の人が、『赤い人』をどこに移動させるか」

なるべくなら、ここから遠い場所に現れてほしい。でも、翔太の事を考えると、早くカラダを見つけてもらいたい。体育館に現れてくれるとありがたい……なんて。

走り続けて数分。私達は音楽室にたどり着く事ができた。

やっと、「昨日」調べられなかった音楽室を調べられると、私達が音楽室に入ってドアを閉めた時。

「『赤い人』が、生産棟三階に現れました。皆さん気を付けてください」

理恵が言った通り……このフロアに「赤い人」が出現してしまった。

「いきなりここ!?　もう！　理恵が余計な事を言うから！」

「え!?　あ……ご、ごめん」

室内を見回しながら、留美子が理恵に当たる。

まあ、私も思ってはいたけれど、これぱかりは運の要素が強いから、理恵を責めても仕方がない。

「ふたりとも、探しててよ。私が廊下の音を聞いておくからさ。歌が聞こえたら教える、それでいい？」

「あー……そうだね。その方が良いね。じゃあ明日香、お願い」

留美子はそう言うと、携帯電話を取り出して、その画面の明かりを頼りに部屋を調べ始めた。

私はドアの横にある、照明のスイッチを押してみたけど、やっぱり部屋は暗いまま。

毎日、月明かりが校舎の東側から射しているから、校舎の北側にある音楽室は暗いのだ。それを確認して、ドアに耳を当ててみる。

ゴウゴウという、何かわからないような音が聞こえるけれど、歌は聞こえない。

「赤い人」は、近くにはいないみたいだ。

「ここにはないね……次は準備室探すから、理恵はそのロッカー調べたら手伝ってよ」

グランドピアノから離れて、音楽室の中にある準備室へと歩く留美子。

歌はまだ聞こえない……この調子なら、音楽室を調べ終わるまでは大丈夫かもしれない。

理恵が、掃除用具の入ったロッカーを確認して、留美子を手伝うために準備室へと向かった。

準備室は黒板の横。音楽室に入って、すぐ左のドアを開けた部屋。

中にはギターとオルガンくらいしか、目を引く物がないらしい。そんな話を、誰かから聞いたような気がする。

「あ、理恵……準備室のドアは開けておいてね。閉めちゃうと、私の声が聞こえないかもしれないから」

「うん、わかったよ」

私の前を通り過ぎる理恵が、指で丸を作って見せる。

翔太と電話していた時に見せたやつだ。

準備室の中に入っていく理恵の背中を見送りながら、廊下の音に集中した。

誰かが来れば、すぐにわかるほど廊下は静まりかえっている。

聞こえるのは、ゴウゴウという音と、準備室から聞こえる留美子と理恵の声だけ。

このまま準備室も調べ終わってくれれば……音楽室の前にも、下へと続く階段がある。すぐそこに逃げればいい。

「ダメだよ明日香……ここには無かった」

しばらくして、ガッカリした様子で留美子が準備室から出て来た。

「そう……じゃあ、今ならまだ声も聞こえていないから、すぐに二階に下りよう」

そう返事をして、立ち上がろうとした時だった。


「……つかんであかをだす～」

あの歌を……かすかではあるが、聞き取る事ができたのだ。

廊下から聞こえたその声に、慌てて私はドアに耳を当て直す。

「明日香？　何してるの？　早く行こうよ」

留美子の言葉に、「シッ！」と、人差し指を立てて口の前に持っていく。

「まっかなふくになりたいな～」

徐々に、こちらに向かって歩いてきている。しかも、南側の廊下か、西側の廊下か、二つが交差しているこの場所では、どちらから来ているのかがわからない。一か八かもない、音楽室を出た時点で見つかってしまうのだ。

他の、習字室とか美術室に入ってくれればいいのに。どうして私は、いつも部屋の中にいる時に限って「赤い人」におびえなきゃならないのだろう……。

「ダメ……こっちに来る。ふたりとも、準備室に隠れて」

そのまま、ここを素通りしてくれれば……そう祈りながら、三人で準備室の中に隠れた。ドアの前で息を潜《ひそ》めて、通り過ぎてくれる事を祈るしかなかったのだ。

「どうか……来ませんように……」

ささやくように祈る理恵。

心臓の鼓動が、壁を伝って聞こえてしまうんじゃないかというくらい激しくなっている。

そして……。

カチャカチャ……。

キィィィィ……。

音楽室のドアがゆっくりと開いて、「赤い人」が入ってきたのだ。

「あ～かい　ふ～くをくださいな～」

どうしよう……入ってきちゃった。

私が、こんな状況で見つからなかったのは、西棟の三階にいた時だけ。

東棟の二階の教室でも、会議室でも見つかっている。

もう、ふたりと会話する事もできない。

この準備室のドアが開けられたら、目を閉じて「赤い人」を見ないように逃げるしかない。それが、できるかどうかはわからないけど、そうなったら、やるしかないのだ。


「し～ろい……」

そこまで言って、「赤い人」が唄うのをやめた。

もしかして……私達に気づいたの？

息をのみ、いつでも動き出せるように私は身構えた。

しかし……。

ポロン……。

ポロン……。

この音は……ピアノの音？

私達が準備室にいる事に、「赤い人」は気づいていない様子で、ピアノの鍵盤《けんばん》を弾く音だけが聞こえる。

ホッと、胸をなで下ろしたけど……次の瞬間。

「キャハハハハハハハッ!!」

と、笑いながら……ピアノをメチャクチャに弾き始めたのだ。

こんな状況で、曲にもなっていない騒音を聴かされるのは気持ち悪い。

ジャンジャカジャンジャンジャカという、ただの騒音と共に聞こえる不気味な笑い声。

私達は……恐怖に震えて耳をふさいだ。

このドアを一枚へだてた向こうに、「赤い人」がいる。ピアノをメチャクチャに弾き、大笑いしているのだ。

耳をふさいでいても、その音が聞こえてくる。

こんな所で遊んでないで、早く出ていって!!

私がそう思っていると……。

ピアノを弾く音と、笑い声がピタリと止まったのだ。そしてまた聞こえるあの歌声。

その声は準備室の前を通り、ドアが開く音がして、すぐに聞こえなくなった。

でも……まだ油断はできない。会議室での事もあるから、「赤い人」がいなくなったと考えるのはまだ早い。

私はもう一度、立てた人差し指を口の前に置いて、ふたりの顔を見る。理恵と留美子も、その意味がわかったのか、私に小さくうなずいた。

それから五分間は経っただろうか……。

ドアの向こうに「赤い人」がいる気配はないし、歌も聞こえてこない。

「もう、大丈夫みたいだね」

最初に口を開いたのは私。

そう呟いても、ドアが開けられる様子はない。

「はぁ……心臓に悪いよ……まったく」

崩れ落ちるように、床に腰を下ろす留美子。

「これからどうするの？　移動する？　それとも、校内放送を待つ？」

理恵の言葉に、私は悩んだ。

「確実なのは、校内放送を待つ方だよね。音楽室から出て、すぐに『赤い人』に見つかるかもしれないし」

見つかってしまえば追いかけられる。

見てしまえば振り返る事ができなくなる。

特に、見てしまったら半分死んだも同然。後ろを見る事ができなくなるのだから。

「って、言っても……もう、この部屋に用はないんだけどね。校内放送まで、椅子にでも座ってようか」

そう言い、準備室のドアを開ける留美子。

私もそれに続いて音楽室に入り、「赤い人」が弾いていたグランドピアノに目をやった。白い鍵盤に、無数に付けられた赤い斑点《はんてん》。激しく弾いていた、「赤い人」の指の血が付いたのだろう。

それでも、あれだけ真っ赤に染まっているのに、床に足跡が残っていないのが不思議だ。

「結局さ……『赤い人』が『小野山美子』だってわかっても、何も変わらないね。『赤い人』は襲ってくるわけだからさ」

椅子に腰かけて、机に頬杖をつきながら、理恵が溜め息をつく。

確かに「赤い人」の正体がわかったところで、私達がやる事は同じ。殺される時は、変わらず殺されるのだから。

「そういえばさ、高広と翔太はどこにいるんだろ？　最初に別れてから会ってないけどさ」

校内放送が流れずに、いまだに音楽室にいる私達。まだ生産棟の三階に「赤い人」がいるかと思うと、うかつに身動きが取れないのだ。

「高広はまあ、あの様子だったら、健司をしっかり見ててくれてるんじゃないかな？　翔太はどうだろ？　やる事があるみたいだけど……」

留美子の問いに私は、少し考えながら答えた。

私が起きた時には、すでに健司はグッタリしていて、高広が何かしたのか、元からそうだったのかはわからない。

でも、あの状態なら何もできないだろう。

「翔太のやる事って何だろ？　明日香は知ってるの？」

「え？　あ……うん。一応はね」

理恵の言葉に、思わず反応してしまったけど、よく考えてみれば、翔太は私にその事を口止めしなかった。だったら……別に言ってもいいよね？

「男の意地らしいよ？　ひどい事を言ったのに、自分だけカラダを見つけてないから……せめてひとつでも見つけないと、皆と合わせる顔がないって」

「はあ？　なんなのそれ……翔太は頭悪いの？　意地を張る意味がわかんないし」

留美子がそう言った時……。

『「赤い人」が、東棟二階に現れました。皆さん気を付けてください』

校内放送が流れた。

翔太がいるのは西棟だから大丈夫だとは思うけど……少し心配だな。

「じゃあ、『昨日』理恵も言ってたし、図書室に行こうか。もともと行く予定だったわけだし」

留美子が、溜め息をつきながら椅子から立ち上がった。

図書室はここからだと、西棟の二階から行くのが一番早い。留美子自身、ひどい事を言っていながらも、翔太がいなければ、八代先生との会話がわからなかったという事に気づいてはいるのだろう。

それに、「小野山美子」の事を調べたのも翔太なのだから。

「留美子って素直じゃないよね。心配なら心配って言えばいいのにね」

クスッと笑いながら、私にそう呟く理恵。

まあ、他人の喧嘩を、留美子があおっていただけだから、今さら引っ込みがつかなかったのだろう。留美子も意地を張っていたのだ。

「理恵！　馬鹿な事言ってないで早く行くよ！　心配なんかしてないし」

そう言って、ドアに向かって歩き出す留美子。私達も、クスクスと笑いながら、その後を付いていく。やっと、留美子が翔太の事を許したようで安心した。

問題なのは、翔太よりも健司の方だ。理恵も当然、許している様子はないし、私だって許せない。その事は……考えたくはなかった。

図書室に向かうために音楽室を出て、廊下をまっすぐ南側に向かった。

音楽室を出て、すぐの階段を下りても良かったけれど、そこからだと西棟の奥まで見通せてしまう。

万が一、「赤い人」が西棟に移動していたら……私達は確実にその姿を見てしまうから、少しでも西棟に近い階段を下りる必要があった。

「でもさ、翔太がどの教室にいるかわからないよね？　どうやって探すの？」

階段を下りながら、理恵がたずねる。

「だからさ、私達が行くのは図書室なの！　翔太がどこにいても関係ないでしょ！」

少し強めの口調で、あくまで図書室に行くためと言い張る留美子。

自分自身、翔太にひどい事を言ったという事はわかっているのだろう。

それの発端が翔太だったとはいえ、皆に悪いと思って、自分ひとりの力で頑張っているのだ。留美子も、それくらいはわかっているはず。

だからこそ、音楽室から離れた図書室に行こうと言ったのだ。

生産棟の二階まで下り、壁に背中を付けて、私が廊下の音を聞く。シーンと静まり返った廊下は、そこに「赤い人」がいないという事を教えてくれている。

「大丈夫……かな？　次の階段まで走ろうか」

と、私がふたりに言ったその時だった。

「うわあああっ!!　離れろ！　離れろよ!!」

廊下の奥の方で……叫び声が聞こえた。

あの声は……翔太？　私がそう思ったと同時に廊下に飛び出した留美子が、その声の聞こえた方に走り出したのだ。

「ちょっと！　留美子！」

突然駆け出した留美子の後を、私と理恵が追いかけた。今の翔太の声は、近くじゃない。廊下の奥の方。そこに近づくにつれ、私の耳に聞こえて来るあの歌……。

「……をちぎってあかくなる〜あしをちぎってもあかくなる〜」

もう、歌もかなり終わりに近づいている。このままじゃあ、間違いなく翔太は死ぬ。

でも、翔太なら振りほどけるはずなのに……何か、あったのだろうか。

その歌は廊下の奥、奇《く》しくも、私達が向かっていた図書室の方から聞こえていたのだ。

西棟へと続く、西棟の南側の廊下に足を踏み入れた私達は……その光景に震えた。

床に倒れる翔太の背中にしがみついて、不気味に微笑む「赤い人」。

その翔太の前には……人の脚が置かれていたのだ。

「留美子!?　これを持って行け！　図書室で見つけた！」

そう叫び、必死の形相で脚を指差す翔太。

「あかがつまったそのせなか～わたしはつかんであかをだす～」

そう言っている間にも、歌は進む。

その翔太を見下ろして、留美子はフンッと鼻で笑った。

「あんたが持って行けば？　男の意地があるんでしょ？」

そう言い、西棟の廊下まで後退する留美子。

そして、西棟の一番奥の教室に入ったのだ。

こんな時にまで、留美子は一体何を考えているのだろうと、留美子の代わりに、脚に駆け寄る私。

遥の……左脚。

「まっかなふくになりた……」

そこまで「赤い人」が唄い、もうダメだと目を閉じた翔太だけど……突然その背中から、「赤い人」が消えたのだ。

そして……。

『「赤い人」が、西棟二階に現れました。皆さん気を付けてください』

校内放送が流れた。

「な……にが……起こったの？」

状況が飲み込めていない様子の理恵。

「理恵！　振り返っちゃダメだよ！」

そう叫んだ後、まだ倒れたままの翔太に、私は遥の左脚を差し出した。

きっと……留美子は、奥の教室で振り返って、「赤い人」を翔太から引きはがしたのだ。

校内放送が流れたのは、図書室前の廊下が西棟と東棟の間にあるからだろう。

翔太が叫んだように、私達の誰かが左脚を運べば良かったのかもしれない。

けれど、留美子は翔太に運べと言って、自分が犠牲になった。

なぜそんな事をしたのかはわからない。

それは、目覚めてから聞くとして、今はこの左脚を運ぶ事が先決だ。

「ほら、翔太！　ここまでやったんだから、最後まで意地を通して！　留美子が助けてくれたんだから！」

起き上がる翔太に左脚を手渡す。

それを受けとると、翔太は小さくうなずいて、西棟の階段へと向かって走り出した。

「理恵、私達は東棟から玄関前のホールに向かうよ！」

「わ、わかった……」

理恵の返事を確認して、渡り廊下を東棟に向かって走り出す。

これで、「赤い人」を見たのは三人。でも、音楽室で感じた恐怖はあまり感じなかった。翔太がカラダを見つけた事がうれしくて……。

棺桶にそれを納める事ができるなら、次に犠牲になるのは、私でもいいとさえ思っていた。

東棟に入り、右に曲がるとすぐにある階段を下りる私達。階段を下りて、左に曲がって玄関前のホールへと走った。

「明日香、なんかうれしそうだね」

走りながら、私に話しかける理恵。

確かに、翔太がカラダを見つけてうれしいけど、そんなにうれしそうに見えるのかな？

「理恵は？　カラダが四つ。やっと半分見つかったんだよ」

「うん……そうだね。あと半分で、『カラダ探し』が終わるんだね」

フフッと笑いながら、隣を走る私の顔を見る理恵。

「カラダ探し」の最中に、笑う事なんてほとんどないから、その笑顔はなんだか安心する。

そして、事務室の前を曲がり、玄関へとたどり着いた私達。すでにホールでは、翔太が棺桶に左脚を納めたみたいで、満足そうな表情で天井を見上げていた。

でも、その背中には「赤い人」がしがみついていて……私達は、そのホールに入る事はできなかった。

「あ、明日香……『赤い人』が」

さっきまで笑っていた私達だったけれど、その光景を見て……その場から逃げ出した。

理恵の手を引き、ホールには入らずに西棟へと向かう。そして、西棟の階段に差しかかった時……。

「まっかなふくになりたいな～」

「赤い人」が歌を……唄い終わったのだ。

留美子が死んだ、そして翔太も死んだ。翔太がカラダを見つけてうれしいと思ったけど、それは、留美子の犠牲があったから。私自身に、「赤い人」が襲いかかってこなかったから、余裕が生まれていただけ。

私達はどこに行くという目標もなく、ただ階段を上り続けて……屋上に出る、ドアの前で立ち止まった。

「ハァ……ハァ……明日香、やっぱり……怖い」

息を整えながら、床に腰を下ろして呟く理恵。

私だって怖い。軽々しく「犠牲になる」なんて考えてたものの、死を目の当たりにすると、それはきれい事だったのだと思い知らされた。

そして……この場所にも恐怖を感じる。

目の前には、屋上に出るドア。「赤い人」が屋上に現れたから、大丈夫だとは思うけど、もしもこのドアが開かなかったら……私達は、振り返らないと階段を下りられないのだ。

そのドアを見つめたまま、呼吸が落ち着くのを私達は待っていた。

「私も怖いよ。それに、このドア……開くのかな？」

理恵にきいても、その答えが出るはずがない。

私は……そのドアに手を伸ばした。ドアノブを握り、ゆっくりと回すと……そのドアは、音もなく開いたのだ。

死ぬかもしれない。なんて考えたのが、馬鹿みたいに。

屋上に出た私と理恵は、探すような所のない、この場所を見回して、溜め息をついた。

何もないじゃない……。

まあ、こんな所にカラダがあるなんて思ってもいなかったけど。

柵の内側を回るようにして、振り返らないように……私達は移動した。

「探すなら、向こう側も探さないとね……でも、なんだかここは気味が悪いね」

屋内とは違い、月明かりに照らされている屋上は明るい。けれど、ここから見える照明の消えた校舎は不気味で……私達の死を、嘲笑《あざわら》っているかのようにも見える。

これが、「小野山美子」の「呪い」なのだろうか。

「皆……私達が夜になったら、ここで死んでいるって事を知らないいんだよね」

屋上の北側の端まで歩き、弧《こ》を描くようにして、来た道を戻る私達。

避雷針に頭が刺さってたら……なんて冗談をいつか言っていたけれど、少なくとも、今それを見ている私の目には頭なんて物は映っていない。

屋上の入り口の横を通り、反対側に行こうとした時だった。

屋上へと上がる階段……そこに、黒い人影が見えたのだ。

今の人影……誰だろう。

反対側の屋上に行くために、私達は入り口の東側にある、幅の狭い通路に入ってしまった。隣には理恵。今の人影が誰かを確認しようと思うと、振り返るか、バックしないといけない。

「理恵、誰かが屋上に来る……」

もしも、それが「赤い人」だった場合を考えて、気づかれないようにささやいた。

「え……まさか『赤い人』？」

私と同じようにささやく理恵。

でも、私にもそれはわからない。

「そうじゃないって思いたいけどね。とにかく来て」

考えがあるわけじゃない。どうすればいいかわからないから、私は理恵の手を取って歩き、屋上の入り口の、反対側に位置する壁に背中を付けて……息を潜め、そこにかがんだ。

そして……。


「あ～かい　ふ～くをくださいな～」


あの歌が聞こえた……。

どうしよう。私達は、完全に追い詰められた。

屋上は広いけど、入り口がひとつしかないから、私達がこの状況を脱出する方法は限られる。どちらかが、「赤い人」に狙われるしかないのだ。

私か理恵……次は、どちらかが死ぬ。

「理恵……とりあえず、向きを変えよう。このままじゃ、逃げられないよ」

壁に背中を付けた状態で見つかってしまえば、その分だけ逃げるのにも時間がかかる。

少しでも早く逃げるには、通路の方を向いておく必要があるのだ。

「振り返らなきゃいいんだよね？　じゃあ……右に九十度、向けばいいんだよね……」

ブツブツと、何か妙な事を呟いている理恵。理屈で考えれば、そうなんだけど……なんて、考えてる場合じゃない。

失敗してもしなくても、死ぬかもしれないのなら、「ここまではセーフ」という指《し》標《ひょう》になればいい。

「じゃあ……それ、やってみようか。せーので、通路の方を向くよ」

わたしの言葉に、小さくうなずく理恵。

「行くよ……せーのっ」

その合図と共に、右を向いた私。理恵が後ろにいるから、本当に通路の方を向いているかはわからない。でも、これで九十度なら平気だという事がわかった。後は、「赤い人」から逃げればいいだけ。でも、この状況じゃあ、それが一番難しく思える。

私はその場で立ち上がり、通路に近づいた。

「赤い人」が、こちらに来るような気配はない。

それに、あの歌が、さっきから聞こえないのだ。

「いなくなったのかな……」

誰に言ったわけでもない。自分に言い聞かせるように呟き、そっと通路の方をのぞくと……。

「えっ⁉」

私の目に飛び込んで来た物は、あまりにも衝撃的な光景だった。

「け……健司？」

今日こそ、高広がしっかりと見ているはずなのに、どうしてここに健司が？


「まっかなふくになりたいな〜」


あの歌の最後の一小節。それを唄っていたのは……目の前に立っている健司だった。

そして、健司は柵を乗り越えて、屋上の縁に立つと……そこから飛び降りたのだ。

「嘘でしょ⁉　健司！」

どうして健司が飛び降りなければならないのか。

なんだか、ガタガタと震えていたけど、まったく意味がわからない。

私は慌てて、健司がいた場所に駆け寄り、柵から身を乗り出して下を確認しようとした時だった。


ピシッ！

パキン！

という金属音が私の耳に入った。

そして……ゆっくりと外側に向かって倒れる柵。

私はこの時気づいた。

ここは、遥が転落した時に柵が切断された場所。あれは……この事を予知していたのかもしれない。

柵が倒れ、屋上から放り出された私は、アスファルトの上で、不気味な笑みを浮かべたまま息絶えた健司を見ながら……頭から地面に落下した。

七日目

……健司はどうして、自分から飛び降りたのだろう。

それも、「赤い人」の歌を最初と最後の一小節ずつ唄って。

もしかすると、階段を上っている時に唄っていたのかもしれないけど、それが何か関係してるのか、あの健司は、やっぱりおかしいと思う。まるで、誰かに操られているかのような、そんな印象を受けた。

ベッドの上で天井を見つめたまま、私はそれを考えていた。

バラバラ殺人の被害者だった「小野山美子」。

犯人が自殺して、終わった事件。

バラバラにされた怨念が、美子を「赤い人」にして。それで、どうなんだろう。

寝起きのせいか、頭がボーッとして、考えが上手くまとまらない。

でも、わかっている事は、翔太がカラダを見つけて、棺桶の中に納めたという事。

これで、皆と協力してくれるはずだから。

私は、身体を起こして、ベッドの端に座った。

学校に行く準備をしなきゃ。ゆっくりと立ち上がり、机の上にある携帯電話を確認した。

今日も変わらず十一月九日……。

でも、カラダは残り四つ。後半分で、この繰り返す「昨日」が終わると、そう信じるしかなかった。

「行ってきまーす」

玄関を出た私は、最近はいつものようにそこにいる高広が目に入った。

昨夜、私は健司に何かをされたわけじゃないけど、玄関で会ったきり、その後は一度も会っていない事が疑問だったのだ。

一体、どこで何をしていたのか。そして、なぜ健司が自ら屋上から飛び降りたのか。

「高広、おはよ。昨日はどこにいたの？」

私のあいさつに、背を向けて立っていた高広が、ビクッと反応する。

「お、おう。昨日はだなぁ……わかんねぇんだ」

その答えの方がわからない。

あんなにぐったりとした健司と一緒にいて、わからないはずがないのに。

「なにそれ。高広の言ってる事の方がわからないよ」

私の言葉に、ばつが悪そうにうなる高広。

「それがよぉ、お前らが校舎の中に入ったのを見届けてから、健司を連れて中に入ったんだよ」

昨夜、私達は四人で、急いで西棟に向かった。

そして、二階で二手に分かれたわけだけど、高広と健司の行動は知らない。

一体、どこに行っていたのか。

「……唄いだしたんだよ。あの歌を。その後、俺は急に目の前が真っ暗になって、それで気づいたら朝になってた」

それはつまり、高広は死んだという事？

よくわからないけど、健司が屋上から飛び降りた事と、何か関係があるのだろうか？

「じゃあ何？　健司は最初から最後まで、ずっと唄ってたって事？」

「明日香が見た時に唄っていたのなら、そうなるよな。何なんだよ、あいつは」

通学路を歩きながら、昨夜の健司の事を話していた。

「ふーん、私が知らない所で、ふたりとも大変だったんだね」

いつの間にか合流していた留美子が、私達の背後から、他人事のように答える。

そりゃあ留美子は、翔太を助けるために犠牲になって、すっきりしたかもしれないけど……健司の異変を目の当たりにした私達にとっては、翔太の事はもうすでに消化された出来事。健司がなぜ「赤い人」の歌を唄っていたのかが、今一番気になっている事だ。

「もしかしてさ、健司がおかしくなった理由と、何か関係があるんじゃないかな？　ほら、健司は理恵の事が好きだったけど、口や態度に出さずに、秘《ひ》めてるって感じだったじゃない？」

「んー……そうだけどさ、それを言っちゃうと、何でも全部、『呪い』のせいになっちゃうんじゃないの？　私にはわかんないけどさ」

確かに、そう言われれば、すべてが疑わしく思えてしまう。

私達は、何もわからないまま学校に行くしかなかった。八代先生に、きくしか今のところ方法がない。

その後、理恵と合流して学校へと向かった。その途中にいる猫も、いつものように留美子に頬ずりをして、特に「昨日」が変わっている様子は見られない。

学校に到着しても、教室に入っても、変化はなくて……いつもと違うのは、翔太が明るい表情でいるという事だけ。

「翔太、おはよう」

「ああ、おはよう」

あいさつを交わしただけでも、その変化がわかる。

喧嘩をする前のような、自信に満ちた声だ。

「留美子、昨日は言えなかったけど……ありがとうな」

「別にいいって。どうせ毎晩死ぬんだしさ。それに、まだ半分残ってるんだよ？　やっと折り返しじゃん」

少し照れた様子で頭をかく留美子。なんだか、良い雰囲気に見えるけど、ふたりに、そのつもりはない事はわかってる。良い喧嘩友達。そんな関係なんだろうな。

「それより、高広はどうしたんだ？　ムスッとして……」

教室に入って早々に、自分の席に座る高広。翔太も、昨夜は玄関前のホールで力尽きたから知らないんだ……。

「あのね翔太、実は健司が……」

八代先生に直接きくべきか悩んだけれど、翔太に話して、上手くまとめてもらった方が良さそうだと私はそう思った。

昨夜起こった出来事……健司の異変の最初と最後。高広を殺してから、その後の事はわからない。私が見た、健司の最後の姿は明らかに異常。それを伝えると、翔太は目を閉じて考え始めた。

「わからないな。健司がなぜ『赤い人』の歌を唄っていたのか。『呪い』と何か関係してるのか？」

私はその問いに対する答えを持っていない。

そもそも、それがわからないから、翔太に話をまとめてもらおうと思っているのに。

「翔太がわからないのに、私がわかるわけないでしょ？　でも、八代先生ならわかるかもしれないから」

「俺がきけっていう事か。こういう事を言うのもなんだけど……あの先生だって、相当怪しいぜ？」

翔太が言いたい事はわかってる。少なくとも、「小野山美子」の情報は嘘ではなかったのだから、味方かもしれないとは思った。

でも、だったらどうしてその情報を知っているのか……。

八代先生の言ってる事が正しければ正しいほど、怪しさが増すのだ。

「まあ、三限目までに考えればいいだろ？　まだ時間はあるしな」

私は翔太にうなずいて、自分の席に座った。

また、八代先生に調べ物をさせられたらどうしよう……などと思いながら。

授業が始まり、私はノートに「カラダ探し」でわかった事を書きつづってみる。

あくまでも、私がわかる範囲の事だけれど、まとめると、思ったより単純なんだなという事がわかる。
・まず校舎に入らなければならない。入らずに、他の建物に行っても意味がない。
・校舎に入って、しばらくすると、校内放送が流れて「赤い人」が現れる。（これより前に「赤い人」がいるかどうかは不明）
・「赤い人」が移動するパターンは三つ。歩く事、校内放送で場所を指定される事、

「赤い人」を見た誰かが振り返る事の三つ。この中で、一番優先順位が高いのは、最後の「振り返る」事。基本的には、校内放送が移動先を指定するけど、振り返った人がいた場合、「赤い人」の方が先に移動して、現れた場所を校内放送で言う。
・放送室のドアを開けようとすると、「赤い人」を背後に呼ばれる。

皆が知っている情報をまとめると、たったこの程度。

基本情報は書かなくてもいいとして、これだけ気を付ければいいのだ。

他にも細かい情報はあるだろうけど……これを八代先生に見せれば、無駄な会話をせずに、本題に入れるかもしれないから。

二限目の休み時間、私達は屋上で話をしていた。

ここは先生が来ない事がわかっているから、ここにいるのが一番安全だと言える。

「このノートはいいな。ここまで書いてあれば、八代先生への説明も楽になる」

私が授業中にまとめていた、例のノートを手に取り、パラパラと眺める翔太。

「へへ……そうかな?」

翔太にほめられると、なんだかうれしい。

これが高広なんかだと、あんたにほめられても……とか思ってしまうところだ。

「俺も、今日、八代先生にする質問を考えた。大きく二つだ。『小野山美子』の事と、健司の異変について。他にもききたい事はあるけど、いいよな？」

「あー、私は何でもいいよ。後で解説してくれれば……翔太と八代先生の話は、難しすぎるもん」

半分諦めているような様子で、柵にもたれかかる留美子。

ここにいる皆が思っている事だろう。

「俺は、あの歌の意味を知りてぇ。何を思って、あんな歌を唄ってるんだ……」

確かに、歌自体が恐怖で、その意味なんて考えた事もなかった。

もしかすると意味なんてないかもしれない。赤い服がほしいから、血で赤くしている……単純にそんな意味だと理解していたから。

三限目の途中。旧校舎の玄関で、私達五人は八代先生が職員室から出てくるのを待っていた。

先生と話ができる時間は短い。どこまできけるかわからないけど、屋上で話した、「小野山美子」と「呪い」の事については知りたい。

「そろそろ時間だね……」

携帯電話を開き、八代先生が出てくる時間になったのを確認して、理恵が口を開いたところで、廊下の北側で、カチャッというドアの開く音が聞こえ、いつもの不気味な表情で八代先生が姿を現す。

「八代先生、『小野山美子』の事を調べました。『赤い人』の正体は、彼女ですね？」

有無《うむ》を言わさず、八代先生に私が書いたノートも見せる翔太。

「……なるほどね。ここまでわかってるのか。この時間に僕が出てくる事も知っているようだったし」

別段驚いた様子もなく、私達を見回す八代先生。

「先生、教えてくれませんか？『小野山美子』の『呪い』とは何ですか？俺達の仲間が、おかしくなってしまったんです」

そう言うと、八代先生は何かを考えるように上を見て、ポカンと口を開けた。

「『カラダ探し』が続けば、精神的にまいってしまう人も出てくる。当たり前の事さ」

少し考えた後、そう言った八代先生だったが、翔太はさらに続ける。

「『赤い人』が唄っている歌はどういう意味があるんですか？おかしくなった仲間まで、その歌を唄うようになったんです。誰かに操られているようだと、俺は聞きました」

「ど、どういう事だ？僕は……そんな事、知らないぞ」

何かを隠している様子はない。純粋に驚いた様子で八代先生は、私達にそのギョロッとした目を向けたのだ。

「知らない？そんな事はないでしょう。八代先生が裏で糸を引いてるんじゃないんですか？」

怪しげな八代先生に、翔太が核心《かくしん》を突く言葉を言い放った。

しかし、あせった様子で首を横に振る。

「じょ、冗談じゃない！　本当に知らないんだ！　それに、僕に何ができるって言うんだ！　僕はね、親切で教えてあげてるんだよ」

さすがに、その言葉にはカチンときたのか、眉間にしわを寄せ、翔太に反論する。

「じゃあ、教えてください。『小野山美子』の『呪い』とは何なのか。『カラダ探し』について、先生が知っている事を全部！」

そう問いつめた翔太に、困ったような表情で、ノートを突き返した。

その行動は、どういう意味があるのだろう。まだ何かを隠そうとしているのか……。

「仕方ないな。今日は、田村先生と約束があったんだけど。キミ達が、僕の知らない事に巻き込まれていると言うなら、十七時で仕事が終わるから、その時に来るといい。僕が知っている事を教えよう」

八代先生にきけば、健司がどうしてあんな風になってしまったのか……わかると思ったのに。

先生でさえも知らない事があるなんて、予想もしていなかった。

それは、先生も想定していなかったという事なのか、本当に知らないのかはわからない。とにかく、十七時になればわかる。私達は、それを待つしかないのだ。

でも、本当に八代先生は、健司の異変について何も知らないのだろうか？

温室をのぞいて、職員室に戻った八代先生の表情は、決していいものではなかったから。それが気になっていた。

「ふぅ……これでやっと、『呪い』の事がわかりそうだな」

私達は、「昨日」と同じように屋上に戻り、話をしていた。

「『呪い』か。そのせいで、健司が変わったってのか？　遥が、あんな風になったのは『呪い』のせいなのか？」

高広の言葉に、私は漠然とした不安を覚えた。

確かに、健司よりも遥の方が、「呪い」らしく思える。首が回ったり、殺しても死ななかったり……。

「翔太はどう考えてるわけ？　私達は『呪い』を解けばいいの？　それとも、『カラダ探し』を終わらせればいいの？」

そう、留美子がたずねるが、翔太も顔をしかめて首を傾げる。

「カラダ探し」はカラダを棺桶に納めれば良い。けれど、「呪い」を解くとなると……

それは、私達ができる事ではないように思えるから。

私も首を傾げた。

今、私達は遥のカラダを半分見つけていて、「呪い」の真相にも近づいている。

でも、それがわかった所で、遥のカラダを探さなければならない事には変わりない。

と、そこまで考えて、私の脳裏にひとつの疑問がよぎった。

遥は、カラダを全部見つけたらどうなるの？　有無を言わさず「カラダ探し」なんてさせられているけど……。

そうなった時、遥が生き返って、今までと同じように生活をするのだろうか？

そして私達はどうなるのだろう。

考えれば考えるほど、終わりに近づけば近づくほど、「カラダ探し」の事がわからなくなる。それでも、私達は「カラダ探し」をさせられるのだ。

「ところで、皆はどの部屋を探したんだ？　探す部屋がダブったら、時間の無駄だろ？」

そう言い、ポケットから取り出したメモ帳にボールペンを走らせる翔太。

そして、皆がおのおの探した部屋を言っていく。

誰かが話す度、徐々に探していない部屋が浮かび上がってくる。

結果……残っている部分は、東棟の会議室と、二階部分の南側二部屋と、三階は不明、西棟の保健室を除く一階。生徒玄関の二階にある大職員室。後は工業棟の一階と、生産棟の理科室と音楽室以外のすべての部屋。思ったよりも、探していない部屋は多かった。

今夜の「カラダ探し」で、おのおの探す場所を決めた後、私達は放課後になるのを待った。高広と私は工業棟の一階を、留美子と理恵、翔太は生産棟の三階を。健司の事は、詳しくわかるまで放置するしかない。高広が殺されたくらいだ、放置していいのかどうかはわからないけど、何が起こってるかわからなければ、手の打ちようがないのだ。

結局、私達だけでは答えなど出せず、八代先生が知っている事を話してくれれば、その答えを導き出せるかもしれない。そう信じて、十七時になるまで玄関前のホールで話をしていた。

自動販売機で、パックのオレンジジュースを買い、それにストローをさして口を付ける。

「理恵はあれからどうしたの？　私が屋上から落ちた後」

毎回気になる、自分が死んだ後、残された人の行動。

その後にカラダを見つけたという話は、四つのうち二つもあるから、少し期待をしていた。

「あは、それがね……私もすぐに死んじゃったんだ。明日香が落ちて、そこから下をのぞき込んだまでは良かったんだけど、戻る時に、倒れた柵が足に引っかかってさ。

振り返りながら倒れちゃった」

少し舌を出して、恥ずかしそうに頭をかく理恵。「カラダ探し」に巻き込まれる前は、理恵が良くやっていた癖だ。なんだか、ずいぶん久し振りに見たような気がする。

「もうすぐ十七時だ。旧校舎に行こうか」

ホールの時計を見ながら、翔太が立ち上がった。八代先生が、何をどこまで知っているのか……期待と不安で、胸が高鳴っていた。


八代先生から話をきくために、旧校舎にやってきた私達。

玄関では、八代先生が田村先生に何度も頭を下げている所だった。

「八代先生、約束してたじゃないですか。次は、約束は守ってくださいよ！」

「は、はいぃ、申し訳ありません」

怒った様子で玄関から出てくる田村先生を見送り、私達は八代先生に歩み寄った。

「先生も、大変なんだね」

理恵がボソッと呟いたその言葉に、苦笑いを浮かべながら、人差し指で頬をかく八代先生。

「は、恥ずかしい所を見られちゃったな。まあ、それじゃあ僕の家に行こうか？」

旧校舎の横にある駐車場の方を指差して、玄関から出てくる。

話を聞くだけかと思ったら、家に招待されるなんて、思ってもみなかった。

皆もそう思っているのだろう。あからさまに怪訝な表情で八代先生を見ている。

「うん？　どうしたんだい？　早く行こう」

しかし、そんな事など意にも介《かい》さないといった様子で、八代先生は駐車してあるワンボックスカーへと向かった。

その後に続く私達。でも、何だか不安は増すばかり。

先生が、何を知っているのか……この後、その理由を知る事になる。


八代先生の車に乗り込んだ私達は、校門から出て五分。

歩いてでも行けるような距離に、八代先生の家はあった。思った以上に近くにある、近代和風建築の大きな家。

そして、先生に案内されるままに、私達は二階の先生の部屋へと向かっていた。

「なんか……意外だよね。イメージだと、ボロアパートの部屋の中に、洗濯物が吊るしてあるって感じだったけど」

階段を上りながら、広い玄関を振り返って呟く留美子。

「ちょっと、先生に聞こえちゃうよ？」

理恵が慌てて止めようとするが、先生には聞こえていたみたいで、ハハッと苦笑して、階段を上っていた。

二階に上がり、一番奥の部屋。そこが八代先生の部屋のようで、引き戸を開けると、さらに意外な事に、きれいに整理整頓された室内が私の目に飛び込んできた。

「うわ、なんかきれいすぎて、逆にムカつく！」

「悪かったね。この部屋だけはきれいにしてるんだよ」

先生相手にも遠慮がない留美子に、苦笑が止まらない八代先生。

部屋の中を見回す私達だったが、高広は早々にソファに寝転んでしまった。

ここでも寝るつもりだろうか？

「あ、この部屋だけって事は、このふすまの向こうは汚いんでしょ？」

まるで、あら探しをするかのように、隣の部屋に続くふすまを開けた留美子。

しかし、その好奇《こうき》に満ちた表情は、一瞬にして固まったのだ。

部屋中に、まるでお札のように貼ってある、何かが書かれた紙。壁が見えないほどビッシリと貼られたそれに、私達は息を飲んだ。その中の、所々にある「赤い人」という文字が、私の目に入ったから。

「な、何？　この部屋……」

その薄暗さゆえか、壁に貼られた紙が、よりいっそう不気味に見える。

まるで、いつの時代からか、時が止まっているかのようなその部屋は、妙な威圧感《いあつかん》があった。

「この部屋は僕が、キミ達と同じ高校生の時に使っていたんだよ。まさか、誰かを入れる事になるとは思わなかったけどね」

そう言いながら、部屋の電灯を点ける八代先生。

ノートや紙が散乱する部屋の、学習机の前に立ち、一番上に置かれていたノートを一冊、手に取って私達の方を見た。

「実を言うと、僕だって『カラダ探し』のすべてを知っているわけじゃない。高校生の時に調べ始めて、やっと集めた情報は……それほど多くないんだ」

そのノートを翔太に渡して、椅子に腰かける八代先生。

パラパラとノートを見た翔太は、あるページでその手を止めて、目を細めた。

「小野山……美紀《みき》？」

ボソッと呟いた翔太の顔を、私と理恵が見つめる。

小野山美紀？「小野山美子」じゃないの？　理恵もそう思ったはずだ。

留美子は部屋に貼られた不気味な紙を、訝《いぶか》しげに見つめていて、今の言葉には気づいていない様子。

「そう、そこに書いてある通り、小野山美紀は……美子の双子の姉だ」

八代先生の言葉に、私も翔太が持つノートをのぞき込んだ。

小野山美紀は、「小野山美子」の双子の姉だった。家族構成は、祖父母と両親を含む六人家族。

しかし、美子が殺された数日後、美紀も原因不明の病に倒れ、この世を去る。

また、美子を殺害した後、自殺したとされる「山岡泰蔵《やまおかたいぞう》」という人物は、知的障《ちてきしょう》がい者《しゃ》であったが、美子と美紀とは仲が良く、いつも一緒に遊んでいた。

本当にこの、山岡泰蔵なる人物が、美子を殺害したかは不明。

余談ではあるが、建設中の校舎が完成した年に、山岡泰蔵の弟である山岡雄蔵《ゆうぞう》が死亡。当時は、美子の呪いで弟まで犠牲になったと騒がれたようだが、真相は定かではない。

「これは、俺が調べた新聞記事だな。でも、美紀の事は知らなかったよ」

確かにそこには、「昨日」の夜に翔太がメールで送った物と同じ記事のコピーが貼り付けてあった。「小野山美子」の写真が、また真っ赤に変わらないか、心配ではあったけれど。どうやら、そんな変化はしないようで安心した。

「そう、キミ達が調べた情報と大差はないんだ。でも、そこに書いてあるだろう？　美子と美紀は、事件当日に喧嘩をしていたらしいんだ」

その隣のページに矢印が引かれて、「赤い服と白い服で喧嘩。使用人が目撃」と書かれていたのだ。ノートを見ながら、口を押さえて考え込む翔太。

赤い服と白い服で喧嘩……女の子なのだから、もしかすると赤い服が良いという事で喧嘩になったのかな？　私では、その程度の事しか考えられない。

「うわっ！　明日香これ見てよ、気持ち悪いよねぇ」

壁に貼られた紙を指差して、私を見る留美子。

その紙には、「赤い人」と思われる絵が描いてあって、言いようのない不気味さをかもし出していた。

「それは僕が描いた『赤い人』だよ。どうだい？　そっくりだろう？」

自慢気に八代先生がそう言うが、そっくりなんてレベルじゃない。

写真のような精密《せいみつ》な絵。

手に持っているぬいぐるみまで、しっかりと描かれている。こんな絵を描ける八代先生は、一体何者なんだろう。

「八代先生。『赤い人』の歌が、このノートには書かれていないようですが？」

パラパラとページをめくりながら、それらしい書き込みがない事に気づいた翔太がたずねる。

「歌か。それなら、キミ達の方が詳しいんじゃないのか？　まさに今、『カラダ探し』に巻き込まれているキミ達の方が」

「誰か、わからないか？」

翔太と八代先生が私達を見る。

なんだか、期待されているような視線を向けられると、逆にわかると言いにくい。

でも、何かがわかるなら……。

「わ、私……わかるけど」

「じゃあ、書き留めるから唄ってくれないか？　歌詞を言うだけでもいいから」

そう言い、翔太はボールペンを取り出した。

「えー、本当に言うの？　あんまりいい気分しないんだけど」

なんて言いながらも、私は思い出しながら「赤い人」の歌を唄ってみた。

「あ～かい　ふ～くをくださいな～し～ろい　ふ～くもあかくする～まっかにまっかにそめあげて～お顔もお手てもまっかっか～髪の毛も足もまっかっか～どうしてどうしてあかくする～どうしてどうしてあかくなる～お手てをちぎってあかくする～からだをちぎってあかくなる～あしをちぎってもあかくなる～あかがつまったそのせなか～わたしはつかんであかをだす～まっかなふくになりたいな～……だと思うけど」

私の歌を追うように、ノートに書きつづっていく翔太。

「す、すごいなキミは。どうして覚えているんだ？」

驚いたように、そのギョロッとした目を私に向ける八代先生。

不気味だけど、ほめられるとうれしい。

そんな私の隣で、壁を見ていた留美子がゆっくりと振り返って、青ざめた顔を私に向けたのだ。

「あ、明日香……こ、これ!!」

そう言って留美子が指差したのは、「赤い人」の絵。

私は、その絵に恐怖した。八代先生が描いたという「赤い人」の絵は、うつむいていたのに……今は顔を上げてニヤリと笑っているのだ。

その絵を見て、慌てて留美子に駆け寄る八代先生。

そして、「赤い人」の絵をマジマジと見つめて、ひたいにかいた脂汗を袖で拭っていた。

「本当だ……僕はこんな絵を描いてはいない。まさか、『呪い』はこんな形でも現れるのか」

「昨日、私の携帯に送られた『小野山美子』の記事の写真も、真っ赤になって笑ってました……」

そう言った私を、驚いたように見つめる八代先生。

「もう、何なのよ! こんな所に来てまで、怖い思いをしたくないっての! 八代先生は私達を怖がらせたいの!?」

泣きそうな表情を浮かべながら怒鳴り散らす留美子。

ノートに書き留めた歌詞を見ていた理恵と翔太も、その叫びに留美子を見る。

「怖がらせるなんてとんでもない！　僕はキミ達に協力しているだけじゃないか！」

「信用できないっての！　じゃあ何で、先生は『カラダ探し』の事を知ってるのよ！　それの説明もまだだよね!?」

こうなってしまったら、先生は留美子を納得させるような答えを用意しなければならない。でなければ、八代先生にさらに暴言を吐きかねないから。

「僕自身、あまり言いたくはない事なんだけどね」

そう言いながら、八代先生は机に戻った。

そして、机の引き出しの中に入れてあった、一冊の卒業アルバムを取り出したのだ。

「これを見てくれないか？」

八代先生が、そう言って私達に見せたのは、高校の卒業アルバム。

図書室で見た物と同じ、うちの学校の物だ。

「まず、これが僕だね？」

八代先生が指差した人物の名前は、「八代友和」と書かれていて、ギョロッとした目に、痩《や》せこけた顔は間違いはない。

「うん、先生ですね。でも、これがどうかしたんですか？」

今と、さほど変わらないその顔に、私は納得してうなずいた。

留美子も、ムスッとした表情を浮かべながらもうなずく。

「じゃあ、次はこれだ」

そう言いながら、後ろの方のページを開く。

そして、ひとりのラグビー部員を指差したのだ。

「あ、けっこうイケメン！　ガタイもいいし、モロ私の好み！」

膨《ふく》れていた留美子が、急にニコニコして、アルバムを食い入るように見つめた。

こういった変わり身の早さはさすがと言うか……。

「先生と同級生だったら、二十五歳だよね？　『カラダ探し』が終わったら、紹介してくれない？」

キャーキャーとうるさい留美子を、ジッと見る八代先生。

そして……。

「その必要はないよ。だって、こいつはキミの目の前にいるんだからね」

その言葉に、「は？」と呟き、首を傾げる留美子。

「こいつは僕だ。高校時代にさせられた、『カラダ探し』の一ヶ月前のね」

八代先生の発言に、そこにいた誰もが驚きの色を隠せずに、目を見開いて先生を見つめた。

「ちょっと！　嘘でしょ!?　え？　これがどうやったら、こんなになるわけ!?　たった一ヶ月で！」

先生を前に、ずいぶんひどい事を言っていると思いながら、私も同意見だった。

痩せた、というよりも、衰弱《すいじゃく》したと言った方が良い。

「キミ達は、『カラダ探し』を始めてどれくらいになる？」

アルバムをパタンと閉じて、元の引き出しの中に戻す八代先生。

今日は、一体何日目の「昨日」なんだろう？　指を折りながら数えてみるけれど、途中でどうしても指が止まってしまう。

「えっと、確か七日目だと思います。見つけたカラダは四つ。あと半分です」

誰よりも早く答えたのは理恵。

まあ、理恵は毎晩いろんな事に巻き込まれていたから、それを覚えているのだろう。

「七日で……半分か。いいペースだね。それなら僕の時みたいに、終わらせるのに五年もかからないで済むかもしれないね」

「五年!?『昨日』を五年も繰り返したんですか!?」

八代先生の言葉に、思わず声を上げた私。

私達は、まだ一週間しか「カラダ探し」を行っていない。何回「昨日」を繰り返したら……なんて、八代先生が繰り返した年月に比べたら、全然マシだと言う事を思い知らされた。

先生の話の後、私達は宅配ピザを食べて、空腹を満たした。

「とりあえず、0時になるまでここにいると良い。どうせキミ達は、『カラダ探し』が終われば、今日の朝に戻るんだからね」

先生はそう言うけど……私達は確かに今日を繰り返す。でも、先生の「明日」はどうなるんだろう？　先生の明日には、私達が変わらずにいて、何事もなかったように過ぎていくのだろうか？　それとも、先生の明日には私達はいなくて、記憶が欠落したように日が過ぎていくのか。それは、たずねてもわからないだろう。

先生は、今日までの事を知っていても、明日の事なんてわからないのだから。

「しっかし……翔太はまだ考えてんのか？　何を考える事があるんだよ」

食事まで寝ていた高広が、目の前のテーブルに置かれたピザを口に運びながら、ノートとにらめっこをしている翔太にたずねた。

「歌と服のつながりはわかった。でも、なぜ姉妹が喧嘩をした後、妹の美子が殺されたのか……それがわからない」

「んなもん、わかるわけねぇじゃねぇか。それがわかっても、『カラダ探し』が終わるわけじゃねぇんだろ？」

高広の言う通りかもしれない。

いくら、美子と美紀の事がわかっても、「カラダ探し」が終わるわけではないのだから。それに……遥が来る時間も、刻一刻《こくいっこく》と迫っていた。

「美子が白い服、美紀が赤い服を着ていたけど、ふたりとも赤い服が欲しくて喧嘩をしたんだ。だから美子は赤い服にしたくて、血で染めている。歌と、このノートからわかるのはそれくらいか」

ソファに腰かけて、ノートを眺める翔太。いくら頭を悩ませても、美子の「呪い」が解けるわけじゃない。

「そろそろ二十一時か……夜のために、もう寝ておいた方がいいね。女の子三人は僕の後に付いてきて。布団を用意するよ」

と、時計を眺めた八代先生が立ち上がり、私達に手招きをする。

そして、二つ隣の部屋に移動して、押し入れから布団を三組出してくれた。

「少しほこりっぽいかもしれないけど、許しておくれ」

テレビも何もない、殺風景な和室。

私達はその部屋に布団を敷き、お言葉に甘えて寝る事にした。

「じゃあ、キミ達とはこれでお別れかな？　また、今日の僕を訪ねると良い。友達の異変については、あの眼鏡の生徒と考えてみるから、安心して眠っておくれ」

そう言って、部屋を出ていく八代先生。

私は布団の上に座り、遥の事を考えていた。

「昨日」みたいに騙されて、恐怖を味わうくらいなら、普通に頼まれた方がマシな気がして、雑談をしながら、その時を待っていた。

「あーあ、もったいないよねぇ。八代先生、イケメンだったのに……」

卒業アルバムの写真の事を言っているのだろう。

ガッカリした様子で溜め息をつく留美子。

八代先生が「カラダ探し」を終わらせるのにかかった歳月は五年。周りの人にしてみればたった一日で、八代先生と一緒に「カラダ探し」を行った人達は、五年分の年を取ったという事なのかな？　もしかすると、私達が知らないだけで、まだ何十年も「カラダ探し」を行っている人達だっているかもしれない。そう考えると、まだ七日目の私達は幸せな方なのだ。

「確かに、ちょっと不気味になっちゃったね」

「ちょっとどころじゃないじゃん！　もうホラーだよ、あの顔は！」

賛同した理恵に、さらにかぶせるように文句を言う留美子。

元が元だけに、あの変貌ぶりにはショックを受けたのだろう。なんだか、八代先生がかわいそうに思えた。

「それよりふたりとも、もう遥が来る時間だよ」

携帯電話の時計を確認して、ふたりの顔を見る私。

「もう、どうでもいいよ。どうせ来るのがわかってるんだからさ、普通に来いっての！」

そう、留美子が怒ったように言った時だった。

突然、フッと視界を奪うように、私の周りから明かりが消えたのだ。

「え!?　真っ暗になっちゃったよ！　理恵も留美子も、大丈夫!?」

何が起こったかわからずに、慌てふためきながら私は辺りを見回した。

何も見えず、ふたりの声も聞こえない。今までとはどこか違う。まるで、私だけ隔《かく》離《り》された空間にいるような感覚。布団の上にいる事はわかるけど、どうして何も見えないの？　停電だとすると、ふたりの声が聞こえない理由がわからない。それに……

背中に感じる気味の悪い視線。これは、きっと遥が来たんだ……。

どうせ、「カラダ探し」を頼まれるなら、早く頼まれた方がいい。

この、身体を突き刺すような、痛くて冷たい、不気味な視線を向けているのは間違いなく遥だ。

ひたいに噴《ふ》き出す汗もそのままに、私はゆっくりと振り返った。

でも、そこに遥はいなくて。ホッと安心したその時。目の前の真っ暗な空間に、振り返るようにして現れた遥の白い顔。

そして……。

「ねえ、明日香……私のカラダを探して」

無表情のまま、私にそう言ったのだ。

遥が、いつものように「カラダ探し」を頼むと、私を包んでいた空間が、ハラリとなでるように崩れ落ちた。

それが、異常に伸びた遥の髪の毛だったと理解したのは、もう少し経ってからだった。

私達は、何も変わらずに布団の上にいた。馬鹿みたいに、三人でポカンと口を開いて。もう、恐怖なんてものじゃない。気を失ってしまいそうで声も出なかった。そんな私達の耳に、ドタドタと誰かが廊下を走ってくる音が聞こえる。

誰が走っているんだろう？

「キ、キミ達！　大丈夫か⁉」

慌てた様子で、部屋に飛び込んで来たのは八代先生。

私達を心配して、走ってきたという事は、高広や翔太にも同じ事が起こったのだろう。でも、それを端から見ていた八代先生の目には、どう映ったのだろうか？　先生も、遥を見たのかな？

「こっちもか！　皆、僕の声が聞こえているかい⁉」

私達の目の前で手を振る八代先生の姿に、ハッと我に返る。

「あ……八代先生？　今、『カラダ探し』を……」

その言葉に、驚いた様子で私を見る。

ただでさえギョロッとした目を、今にも飛び出しそうなほど見開いて。

「『カラダ探し』!?　こんな時間に頼まれたのか……いや、それよりも……他の人からは、こんな風に見えていたのか」

「遥の髪の毛に包まれて……何も見えなかったんです。見えたのは、遥の顔だけでした」

理恵と留美子を見ると、まだ放心状態のままのようで……気づいていないだろうけど、理恵なんて、涙まで流していたのだ。

「カラダ探し」の日数を重ねているからか、それともカラダが集まって来たからか、遥の頼み方がひどくなってきているような気がする。この状況に慣れてきた私達に、改めて恐怖を植えつけるような、そんな意図を感じてしまう。

「あーもう！　寝よ寝よ!!　あんな頼み方されるくらいなら、早く『カラダ探し』を終わらせようよ！」

予想できる範囲内だと判断した八代先生は、自分の部屋に戻っていった。

「カラダ探し」さえ終わらせれば、元の生活に戻れるという事は、八代先生の存在が証明してくれている。

美子や美紀がどうとか、「呪い」がどうとか、そんな物は八代先生や翔太に任せて、私達は残りのカラダを探せば良い。

「また……明日もあんな頼まれ方をするのかな……」

すでに布団の中で、すすり泣いている理恵。

今夜の「カラダ探し」で、残りのカラダを全部見つける事が出来れば、もう遥に頼まれる事もなくなる。でも、一週間かかって半分なのに、今日一日で残り全部を集める事なんてできるのかな？　いろんな事を考えながら、私も布団に入った。

「今日はふたりと離れちゃうね……おやすみ」

高広とふたりで工業棟の一階を探す。

いろいろあったけど、三日目からずっと一緒に、カラダを探していた留美子と離れるのは……少し寂しくもあった。

午前0時になり、私は生徒玄関前で横になっていた。

あれから、少し眠っては起きてを繰り返して、ここに呼ばれた時は、ちょうど目が覚めた時だったから好都合。

「理恵、留美子、始まるよ。早く起きて！」

グッスリと眠る、留美子の身体を揺すりながら、私は声を上げた。辺りを見回すと、翔太もふたりを起こすために、こちらに駆け寄ってくる。

高広は、地面に座り込んでうつむく健司をジッと見ていた。

「う……ん。もうそんな時間？　ふぁぁ……」

もう、何の緊張感もない。あくびをしながら目をこすり、それから私の顔を見る。

理恵も、翔太に起こされて、眠そうに目をこすっていた。

「今日、調べる場所はわかってるな？」

翔太の言葉にうなずいて、私は高広の方に歩く。

思えば、高広とずっと一緒に行動した事は一度もない。健司ともないけど……あれから一緒に行動したいとは思えないし、今はこんな状態だ。「昨日」の高広みたいに、知らない間に殺されるのは嫌だから、一緒に行動しようとは思わない。

「高広、今日はよろしくね」

「おぅ、それより見ろ、健司を」

そう言って、指差した先にいた健司は……ニヤニヤと笑っていたのだ。

「昨日」まで異常だった健司が、今夜になって正常に戻ってるわけがない。だから、このニヤニヤした健司は、まだおかしいままなのだ。

「健司はここに置いていくぞ。何かするってなら、勝手に入ってくるだろ」

私達が八代先生の部屋を離れてから、何か話したのだろうか？　それとも、「昨日」の事が尾を引いていて、関わり合いになりたくないだけなのか。

どちらにしても、私も今の健司には関わりたくない。

「うん、そうだね。しばらく様子を見ないとね」

この際健司は無視して、カラダを探す事を優先すればいい。カラダさえ集まれば、「昨日」から抜け出せるのだから。

「あの後、八代先生と何か話したの？」

私達が部屋を移動した後に、三人で何を話していたのか。翔太なら、きかなければならない事をきいてくれたはず。

「後で話す。まあ、何を言ってるのかわかんなかったけどな」

高広に期待はしていなかったけど、予想通りの答えだと、それもなんだかむなしい。

それでも、大切な話は覚えているはずだ。

そんな事を考えていると……私達の目の前で、玄関のドアが開かれたのだ。

「じゃあ、行くぞ。『赤い人』には気を付けろよ！」

特定の誰かに言ったわけじゃない。

皆に言うように、高広が声を上げて校舎に入った。

私もその後に続いて、校舎に入る。高広と一緒に、工業棟に行かなければならない。

校舎に入る前にチラリと見た健司は、ゆっくりと立ち上がろうとしていて、言いようのない不安を私は感じていた。

私の後に入って来た三人も、チラチラと健司を見ていたようだけど、どんな行動を取るのかは誰も予想ができない。だから、なるべく遠くに離れなければならないのだ。

今の私達は「赤い人」だけじゃない、味方であるはずの健司までもが襲いかかってくるという事態に陥《おちい》っているのだから。

「高広、速いよ！　全力で走ってない!?」

西棟に入り、階段を上っている私達。

どうやら、翔太達は東棟の方から生産棟に向かったようで、私の背後に姿はない。

「早く行った方が、その分調べられるだろ！　明日香が俺に合わせろ！」

「む、無茶言わないでよ！　私の方が足遅いんだから！」

「ったく……仕方ねぇなあ」

そう呟き、速度を落として、高広の手が私の手に触れた時だった。

「オオオオオオオオオオオオオオオオオオォッ!!」

という、校舎中に響き渡るような雄叫《おたけ》びが、玄関の方から聞こえたのだ。

その、誰のものともわからないサイレンのような叫び声に、私は思わず身をすくませて、高広の手を握った。腹部に響き、校舎の窓をも震わせるその声に、恐怖を感じずにはいられなかったから。

「……んだよ、こりゃあ!? もしかして健司か！」

空いている手で耳をふさぎながらも、左手はしっかりと私の右手を握ってくれている。こんな状況だけど、高広と手をつなぐのなんて小学生の時以来で、少し照れる。

「明日香！ しっかり走れ!!」

階段を上って二階、そこから北側に向かって、生産棟の階段の隣にある工業棟への通路。そこまで、引っ張られるようにして走った。

「これでも必死に走ってるんだよ!? 私が足遅いの知ってるくせに！」

「知ってるっての！ 小学生の時も、中学生の時も！ お前の足が遅い事くらいな！」

そう言い、私の手をギュッと握ると、さらに速度を上げる高広。

直線で五十メートルほどの距離を一気に駆け抜け、突き当たりを南側に曲がる。

そして、すぐそこにある階段を下りて、私達は工業棟の一階にたどり着いた。

「ふぅ、さて……と。どこの部屋を探す？」

高広は、余裕がありそうだけど……私は実力以上の全力疾走で、心臓はバクバクいってるし、息も上がってる。少し、休みたかった。

工業棟は、工業科の生徒が主に使っている。階段を下りて、北側にある大きな部屋、通称「工房」では、生徒達がアーク溶接《ようせつ》などをするらしいけど、私には無縁の場所だ。後は、他の実習室や更衣室、トイレと職員室があるだけ。部屋数は思ったより少ない。

「少しは落ち着いたか？　早くどこかの部屋に入らねぇと、校内放送が流れるぞ」

それはわかってる。

だから、壁にもたれて呼吸を整えているのだ。

「ふぅ……もう大丈夫かな？　ごめんね、高広」

廊下で聞こえた健司の叫び声のせいか、膝がまだ少し笑っているけど、動けないほどじゃない。

「じゃあ、まずは更衣室を調べるか。この部屋だしな」

そう言って指差したのは、私達の目の前の部屋。

確かに、ドアの上には、「工業科第一更衣室」というプレートが掲げられていた。

私は高広にうなずき、その部屋に入った。

すると……。

『「赤い人」が、生産棟二階に現れました。皆さん気を付けてください』

という校内放送が流れたのだ。

生産棟の二階は、工業棟とつながっている。時間をかければ、「赤い人」が来る可能性だってあるのだ。私達は、作業服がかけられた棚を急いで調べ始めた。

「生産棟の二階かよ。またずいぶんと微妙な位置だな」

そう呟きながら、生徒達の作業服をかき分けて、カラダを探す高広。

私はその下の、引き出しをひとつひとつ調べていた。

「どうしてこの更衣室はロッカーじゃないのかな？　作業服がむき出しじゃない」

三段の引き出しの上に、ハンガーをかけるためのバーがあり、そこに作業服がかけられているという、少し変わった棚。

天板の上には、生徒達の私物が、所々に置かれていたけど、そこにカラダは無かった。

「聞いた話だけどよ、この作業服は三年間洗濯しないらしいぜ？　だから、ロッカーにすると臭いから、こうしてるって聞いたな。まあ、工業科に女子はいねぇからな」

そんな話を聞かなきゃ良かったと思うのは、私だけだろうか？　なんだか、この作業服が汚物《おぶつ》に見えて仕方ない。

「ん？　明日香、ちょっと立て」

ドア付近の引き出しを調べていた私に、高広が近づいてくる。

そして、立ち上がった私の左肩をつかみ、壁に押し当てた。

こ、これは、一体どんな状況なの!? どうして高広が私を？

「え？ な、何？ 冗談は……」

「シッ！ 明日香……何か聞こえねぇか？」

そう言い、耳を澄ます高広。何だか……変にドキドキした私が馬鹿みたいだ。

高広の言う何か、というのは一体何なのか。私も目を閉じて、耳を澄ました。

「……かい ふ～くをくださいな～」

あの歌が……こちらに近づいてくるのがわかった。

「し～ろい ふ～くもあかくする～」

歌がきこえて、すぐに隠れようと言った高広の判断は正しかった。

バンッ！ と、更衣室のドアが荒々しく開けられ、その歌が私の耳に入ってきた。

隠れる場所のない、この更衣室の中で、私と高広は身動きが取れずに、それでも隠れている。

「赤い人」は生産棟の二階に現れたはず。

なのに、校内放送が流れてから、すぐにここに来たとしたら、時間の計算が合わない。かと言って、「赤い人」を見てしまえば、振り返る事ができなくなる。

「まっかにまっかにそめあげて〜」

作業服を床に放り投げているのだろう。歌が進むにつれ、バサバサと作業服を放り投げる量が増えていく。この更衣室には、掃除用具を入れるロッカーすらない。本当に、作業服をかけている棚が三つしかないのだ。

「顔もお手てもまっかっか〜」

ひとつ目の棚の作業服を全部投げ捨てたのだろう。

このままでは……見つかってしまう。私は、抱き締められている高広の制服の襟をギュッとつかみ、呼吸の音にも細心の注意を払《はら》っていた。

「髪の毛も足もまっかっか〜」

二つ目の棚の作業服も、次々と床に放り投げられる。

私を包む高広の、心臓の鼓動も、私の心臓と同じくらいの速さで。きっと、不安になっているんだという事がわかる。

そして……最後の棚を残すのみとなった。

「どうしてどうしてあかくする〜」

作業服をつかみ、床に放り投げる。

「どうしてどうしてあかくなる〜」

さらに一着……まるで、ジリジリと私達を追い込むのを楽しんでいるかのように、作業服を投げ捨てている。このままでは見つかってしまうという恐怖で、落ち着けていた呼吸が少しずつ荒くなっていく。

それを察したのか、高広が私の頭をなでてくれていた。昔は、私が泣いていると、高広がこうして頭をなでてくれた。あの時と何も変わっていない。

「お手てをちぎってあかくする〜」

なんて、そんな感傷に浸《ひた》っている場合じゃない。

もう、かかっている作業服も少なくなっているようで、投げ捨てる速度が上がっていく。

「からだをちぎってあかくなる〜あしをちぎってもあかくなる〜」

もう、作業服も無くなり、恐らく最後であろう作業服をつかんで……そして、それを引きちぎったのだ。

しばらく訪れる沈黙。

その後……。

「あかがつまったそのせなか〜」

再び唄いだして、部屋の中をウロウロしているのだろう。

声が右に移動して……そして、更衣室を出ていったのだ。

「わたしはつかんであかをだす～」

部屋の外から聞こえる声が、徐々に遠ざかっていく……。

「まっかなふくになり……」

もう、声は聞こえなくなったけれど、まだ近くにいるかもしれないと思うと、身動きは取れない。棚の上で、高広に抱き締められたまま……私達は、しばらく動かなかった。

私は考えていた。さっきの歌を唄っていたのは、本当に「赤い人」なのだろうか？

低く響く、不気味な歌声だから、そうだと思い込んでいたけれど……。

床に散乱する作業服には、ハンガーにかけられている物も多くある。棚の上から降りた私達は、それを見て違和感を覚えた。

「明日香、その……なんだ。さっきは悪かったな」

頭をかきながら、私に照れたような表情を向ける高広。私を抱き締めていた事かな？　服も髪も真っ白」

「あの状況だったら仕方ないじゃん。まあ、ほこりがすごかったけどね。

パンパンと、ほこりを払う私の姿を見て、高広も制服に付いたほこりを払う。

「それよりさ、今のって『赤い人』だったのかな？　なんか変だったんだけど」

「そうか？　歌を唄ってたなら、『赤い人』なんだろ？　それ以外に、唄うやつなんて……」

歌を唄う人は……いる。「昨日」の夜、唯一あの歌を唄っていたのは……。

「健司だよ……」

そう、ここに来ていたのが健司なら、納得できる事がある。

作業服がかかっているハンガー。

バーからこれを取るには、「赤い人」じゃあ届かないのだ。

でも、健司なら……。

健司がなぜあの歌を唄うかはわからないけれど、私達は「赤い人」と健司に襲われる。それだけはわかった。

「今のが健司？　なんであんな歌を唄って、俺達を探してたんだよ？」

「高広も言ってたじゃん、健司が歌を唄ってたって」

「そりゃそうだけどよ……」

どう反論していいかわからないといった様子で、顔をしかめて天井を見上げる高広。

私も健司が私達を襲ってくる理由なんてわからない。わからないけど、見つかってはいけないという事だけはわかる。「昨日」、高広が殺されたのだから、見つかったら殺されると考えて良いだろう。

「にしても……健司なら、代わりに探してくれたな。後は引き出しだけか」

そう呟き、窓側に向かって歩く高広。

そして、棚の引き出しを調べ始めたのだ。私もさっきの続きから、引き出しを調べ始める。

「高広は、八代先生から何か聞いたの？　健司の事とか、『カラダ探し』の事とかさ」

「んー、あいつらの話はわかんねぇ。俺がわかったのは、健司の事はわかんねぇって事と、カラダが集まるにつれて、『昨日』が少しずつ変わって行くって事だな」

やっぱり、「昨日」が変わったのは、カラダを集めた量に関係してたんだ。

八代先生の時も、きっと「昨日」は変わっていったのだろう。次は、何個集めたら「昨日」が変わるのか。私はそこが気になった。

更衣室の引き出しを調べ終わった後、ドアに耳を当てて、廊下に誰もいない事を確認してから、私達は廊下に出た。シーンと静まり返り、冷たい空気が足元に漂う廊下。

さっきは、走ってここに来たから冷気なんて感じてる余裕がなかった。

「工房は後にするか。一回入った事があるけどよ、工場みたいだぜ、ここは」

その部屋を指差す高広。

でも、そんな事を言われると、逆に気になってしまう。それに、どうせいつかは探さなければいけないなら、今探しても同じ。

「私は入ってみたい。どんな所か知らないしね」

「いや、だから後で……まあ、いいけどよぉ」

そう呟き、うつむいて首を横に振る高広。

意見が通らなかったからか、少し不機嫌そうに工房のドアを開ける。その部屋の中は、高広の言う通り、工場のような内装。まるで鉄工所のような雰囲気をかもし出していた。

「なんか、独特の臭いがするね。これって鉄の臭い？」

さっき、更衣室で嗅いだ臭いよりもさらに濃い臭い。

「溶接の臭いじゃないのか？　作業服も同じ臭いがしてただろ？」

そう言われてみれば、そんな気がする。工房に入って、高広が後にしようと言った意味が私にも理解できた。他の部屋に比べてかなり広く、物がごちゃごちゃ置かれたこの部屋を、調べ尽くすだけで時間がかかる事は目に見えていたから。

工房を探し始めたのはいいものの、妙なコードや塗料、金属材などが所狭しと並べられていて、カラダが隠されていてもわからないかもしれない。

　こういった物に縁がない私にとって、ここにある物すべて、使用用途のわからない謎の道具だ。興味もないし、あまり触りたくもない。

「ごちゃごちゃしてるね……もっと整理すればいいのに」

なんだか良くわからない機械も置かれていて、どう扱っていいのかもわからない。

「あー、じゃあ、こっちは俺が調べるから、明日香は職員室を調べてくれ」

そう言って、高広が指差した先。工房に入って左にある、工房とつながった部屋がそこにはあった。

　こっちの工場みたいな部屋に目がいって、私はその部屋に気づかなかった。

「あ、職員室なんだ。わかった、そっち調べるね」

良かった。こんな、わけのわからない部屋よりも、職員室の方がずっといい。

　窓から射す、柔らかな月の光に照らされて、不気味に浮かび上がるデスクやロッカー。でも、この程度の不気味さなら、もう慣れた。残るカラダは、頭部、左腕、左胸、右脚の四つ。それらが入りそうな場所だけを調べる事にした。

　デスクの引き出し、ロッカー、金庫、テーブルの下と、探せる場所は全部探したけれど、この職員室にカラダは無く、工房の方を探している高広も、あと少しで調べ終わりそう。

結局、この部屋にもカラダは無さそうだ。

「ねぇな……この部屋はハズレか」

フウッと溜め息をつき、立ち上がる高広。

まあ、そう簡単に見つかるとは思っていないけど、調べ終わった部屋にカラダが無いと、少しガッカリする。

「残念だね。じゃあ、次の部屋に行こうか？」

「そうだな、でもその前に便所に行きてぇ。ついでに調べようぜ」

トイレ……遥の一件から、あまりひとりでは行きたくない。いつもは留美子や理恵が一緒だったから、付いてきてもらってたけど。高広と一緒じゃあ、そういうわけにもいかない。

「トイレを……ひとりで探すの？」

「あ？　当たり前だろ？　男子便所と女子便所があるんだからよ」

うん、高広の言ってる事は正しいんだけど……トイレに行くって聞いたら、なんだか私もしたくなってきた。

「もう！　高広がそんな事言うから、私もトイレに行きたくなったじゃない！」

「お、俺のせいかよ……」

ますます高広に付いてきてもらうわけにはいかなくなった状況に、私は溜め息をついた。

工房を出て、すぐにあるトイレに入って私は用を足し、下着を上げて、スカートを整える。

携帯電話の明かりで、洋式トイレの個室を照らして見てみると、工業科に女子がいないせいか、私達がいつも使っているトイレと比べると、かなりきれいだ。

それでも、ドアの隙間から漂って来る冷気はどこも変わらなくて。トイレ特有の、不気味な雰囲気が私の身体を包み込んでいる。

「振り返ったら、赤い人がいるなんてないよね……」

ハハッと、引きつった笑いをこぼして、ゆっくりと振り返ってみるけど、当然のようにそこには誰もいない。「カラダ探し」をさせられているこの状況では、何が起こってもおかしくない。怖いから、早くここから出よう。

ブルッと身震いをして、タンクに付いているレバーをひねった。

「あれ？　流れない……」

大じゃなくて良かった……じゃない、タンクに何か詰まってるのかな？

どうせ調べるつもりだったんだから。

そう思い、タンクをふたを開けて、携帯電話の明かりで中を確認した。

瞬間、私の心臓が、ドクンと音を立てたのがわかった。

そこには……制服の一部。

遥のカラダが隠されていたのだ。

こ、こんな所にカラダがあった……。

制服の形状からして、これは遥の左胸。タンクの中にあるはずの浮きや、管も取り払われて、カラダがそこにある。

私は、タンクのふたを便座の上に置き、そっとそれを取り出した。タンク内に水が入っていなかったから、カラダは濡れてない。それは、私にとってはありがたい事だ。いくら、「昨日」に戻るからと言っても、私まで濡れたくはないから。

「た、高広！　カラダ見つけた!!」

トイレ内に響く私の声。

もしも、近くに「赤い人」がいて、声を聞かれていたとしても関係ない。

どちらかがこの左胸を持って棺桶にたどり着けばいいのだから。

私は、左胸を小脇に抱え、トイレのドアを開けた。それと同時に、女子トイレに入って来る高広。

「あったのか!?　やっぱり、俺がしょんべんして正解だったな」

それに関しては、何も文句が言えない。そのせいで、と言うか、そのおかげでカラダを見つける事ができたのだから。

でも……カラダがある場所に鍵がかかってるって予想は外れたね。

鍵なんてかかってなかったから。

「早くホールに戻ろう！」

私がそう言った時だった。


「……してどうしてあかくなる～」


かすかに聞こえたその声が……ゆっくりとこちらに近づいて来ていた。

「う、歌だよ……どうしよう……」

オロオロする私の肩に手を置いて、携帯電話をポケットから取り出す高広。

「任せとけって、何度か経験あるからな。こういう事は」

そう言った高広は、今の私には頼もしく思えた。

何度か経験がある。それはつまり、こんな状況を切り抜けて来たという事だ。

圏外で使えもしない携帯電話で、一体何をしようというのだろうか？

準備が終わったみたいで、トイレの入り口に向かう高広。

「お手てをちぎってあかくする～」

私も高広の後ろで、その歌を聞いていた。

まだ近くではないけど……確実にこちらに近づいている。理恵じゃないけど、この声の響き方から、階段の上から聞こえていると私は思う。

高広は、こんな状況で何をするのだろう。

「いいか、俺がお前の肩を叩いたら、『赤い人』を見ないようにして走れよ」

その言葉に、小さくうなずく。

それを見た高広は、トイレから一歩飛び出し、廊下の突き当たりに向けて、開いた携帯電話のボタンを押して、それを滑らせるようにして投げたのだ。

ピピピピピピピピピッ！

ピピピピピピピピピッ！

と、投げられた携帯電話が、アラーム音が鳴らしながら廊下の奥へとすべっていった。

高広は、何を考えてこんな事をしたのだろう。これじゃあ、来てほしくない「赤い人」が、嫌でも来ちゃうじゃない！

しかし、高広は「赤い人」を待っているかのように、耳を澄ませて立っていた。

「キャハハハハハッ！」

携帯電話のアラーム音よりも大きく、無邪気な声で笑う「赤い人」。

そして、ドンッ！という音。階段を何段か飛ばして下りているのだろう。さらに、ドンッ！という音が聞こえ、一階にやってきたのだ。まさか……全段飛ばし？

「赤い人」に追いつかれる理由がわかるような気がする。

「キャハハハハハッ！」

その声は、高広が投げた携帯電話の方へと向かっている。

そして、私の肩がポンッと叩かれた。走れという高広の合図だ。

駆け出す高広の手を取り、顔を伏せてトイレから飛び出した。

こんな方法、思いつきもしない。高広は、普段頭を使わないのに、こんな事には頭が回るんだなと感心して、私達は階段を駆け上がった。

「また同じ手にかかってくれたな。やっぱりガキだぜ」

ハハッと笑いながら、工業棟から生産棟へと続く渡り廊下に入った時。

渡り廊下の真ん中、私達の前に立ちはだかったのは……月明かりに照らされ、不気味に顔をゆがませて笑う健司だった。

「はあぁぁぁ……み、見つけた……」

その姿に……私は高広の手をギュッと握りしめた。

上体を前に曲げて、私達を見つめる健司は、ひどく猫背になっているように見える。

それでもその顔は、しっかりと前方の私達をとらえ、どうしても逃げられそうにない。

「健司！　どきやがれ！」

高広が怒鳴り付けるが、健司はニヤニヤと笑みを浮かべたまま……まったく動じていない。やっぱり、この健司は違う。明らかに操られているというのがわかる。

「み、み、美子ちゃん……ふ、服を赤く……で、できるよ」

そう言って、ジリジリと私達に詰め寄ってくる。

美子ちゃん？　健司は、「小野山美子」の事を知らないはずだ。

この健司を避けて通るには、工業棟の廊下を北側に抜けて、もうひとつの渡り廊下から生産棟に入るしかない。でも……それはかなりの遠回りで、カラダを持ちながら走るなんて、私では体力的に無理だ。途中で必ず追いつかれる。それに、「赤い人」もいる。

どうすればいいの？

「明日香、走れ。健司は俺が止めておく。お前がホールに着けるまではな」

そう言い、私の手を離した高広。

私ではどうする事もできない。でも、高広だって、「昨日」すぐに殺されたんじゃないの？

「健司！　行くぞコラァ!!」

そう叫び、健司に向かって走り出す高広。

私も続いてそれに続いて……カラダを抱えたまま、高広を信じて、健司の横をすり抜けようと走った。

私に手を伸ばそうとする健司。しかしその手は、高広の飛び蹴りで、私の髪をかすめて後方に弾かれたのだ。

「高広、ごめん！」

ギュッと遥の左胸を抱き締めて、生産棟に入り、西棟に向かう渡り廊下へと走っていた時だった。

背後で……グチャッという、何かが潰されたような音と、短い悲鳴が聞こえた。

今の、何かが潰れた音は何？　それに、かすかに聞こえた悲鳴は、高広？　渡り廊下の真ん中で、後ろが気になり、チラリと振り返った私が見たものは……。

「ま、待てぇぇ！　に、に、逃げ、逃げるなぁぁぁっ!!」

笑みを浮かべて私を追いかけてくる、右手が真っ赤に染まった健司だったのだ。

嘘でしょ!?　高広は……もしかして殺されちゃったの!?

「昨日」気づいたら殺されていたって、高広は言っていた。

そんなに簡単に殺されるなら、私なんかじゃ絶対に一秒も持たない。

西棟に入り、階段へと走る。

私と健司との距離はもう五メートルもない。階段に差しかかった私は、「赤い人」の事を思い出した。

あんな小さな子が飛べるんだから、私も飛べるはず！

……なんて、やっぱり無理！

三段飛ばしで階段を下りる。それでも、髪の毛を後ろに引っ張られるように、顔の皮が突っ張るほどの恐怖を感じる。後ろからも追ってくる恐怖と、階段を下りる恐怖に挟まれて……。

私は最後の五段を飛び下りた。

着地の際に、左足首をひねってしまったみたいだ。

バランスを崩して、転んでしまいそうになったけど、無事な右足でなんとか踏ん張り、正面の壁に、よろけるようにしてぶつかった。

その際、ぶつけた右肩が痛むけど……死ぬよりマシだ。

さらに言ってしまえば、「昨日」に戻ったら、怪我も治っているのだから。

ズキンズキンと左足が痛むけど、この際足が折れたって構わない。

ホールまでもう少し。残った力を振り絞り、ホールに安置されている棺桶に向かった。

その背後から、健司が迫る。カラダを納めるのが早いか、健司に殺されてしまうのが早いか……。

遥の左胸を、すぐに納められるように向きを変えながら、私は棺桶にたどり着いた。

そして、倒れ込むようにして、その左胸を棺桶に納める。

なんとか……間に合った。

フウッと吐息をもらし、私を追って来ている健司の方をゆっくりと見る。

私の目の前に迫る赤い手が、その日最後に見た物だった。

これは、高広の血なのだろう。でも、約束は守ったからね。高広が私を、健司から
「痛っ！」

守ってくれたから……。

私がどうやって殺されたかはわからない。

グチャッという音がして、私は健司に殺された。

【下巻に続く…】

この物語はフィクションです。実在の人物、団体等とは一切関係がありません。

ウェルザード先生へのファンレターのあて先
〒104-0031　東京都中央区京橋1-3-1　八重洲口大栄ビル7F
スターツ出版(株) 書籍編集部 気付
ウェルザード先生

カラダ探し 上

2015年12月28日　初版第1刷発行
2022年9月15日　　　第2刷発行

著　者　　ウェルザード　

発 行 人　松島滋
デザイン　西村弘美
D T P　株式会社エストール
発 行 所　スターツ出版株式会社
〒104-0031
東京都中央区京橋1-3-1　八重洲口大栄ビル7F
TEL　販売部　03-6202-0386（ご注文等に関するお問い合わせ）
URL　http://starts-pub.jp/
印 刷 所　大日本印刷株式会社

Printed in Japan

ISBN　978-4-8137-0044-9　C0193

ISBN978-4-8137-0043-2